憐れみをなす者 上

ピーター・トレメイン

フィデルマは、単身巡礼の船旅に出ていた。修道女としての人生に疑問を抱《いだ》き、また、気の置けない友人であったはずのエイダルフに対する気持ちもわからなくなっていたのだ。だが船には、若き日にフィデルマを捨てた、かつての恋人キアンが乗っていた。波乱ぶくみの船出の翌朝、巡礼団の一員である修道女が、行方不明になる。時化《しけ》のなか、海に落ちたかと思われたが、船室から血のついた衣が見つかった。殺されて海に捨てられたのだろうか？　七世紀アイルランドを舞台に、王の妹にして弁護士、美貌の修道女フィデルマが活躍するシリーズ第八作。

登場人物

〝キャシェルのフィデルマ〟……修道女。七世紀アイルランドの法廷に立つドーリィー〔法廷弁護士〕でもある

アードモア（**アルド・ヴォール**）

カラ……旅籠《はたご》の主人であり、商人でもある

メナマ……旅籠の手伝い、カラの甥

巡礼者たち

シスター・カナー……モヴィル（マー・ウィーレ）修道院の修道女、巡礼団のまとめ役

ブラザー・キアン……大王《ハイ・キング》のもと警護団団員、現在はバンゴア（ビョンハール）修道院の修道士

シスター・ムィラゲル……モヴィル修道院の修道女

シスター・クレラ……………モヴィル修道院の修道女
シスター・アインダー………モヴィル修道院の修道女
シスター・ゴルモーン………モヴィル修道院の修道女
ブラザー・ガス………………モヴィル修道院の修道士
ブラザー・バーニャ…………モヴィル修道院の修道士
ブラザー・ダハル……………バンゴア修道院の修道士
ブラザー・アダムレー………バンゴア修道院の修道士
ブラザー・トーラ……………バンゴア修道院の修道士

カオジロガン（ゲ・フィウラン）号の船員たち
マラハッド……………………船長
ガーヴァン……………………航海士
ウェンブリット………………給仕係の少年《キャビンボーイ》

その他

モラン……………………ブレホン〔法律家、裁判官〕、フィデルマの師

グリアン……………………フィデルマのタラでの友人

憐れみをなす者 上

ピーター・トレメイン
田村美佐子訳

創元推理文庫

ACT OF MERCY

by

Peter Tremayne

常に音楽でインスピレーションを与えてくれるだけでなく、
アルキュオネ号の船長として、
フィデルマのラコルニャへの航海を導いてくれたクリストス・ピッタスと、
サンティアゴ・デ・コンポステラへの旅につき合ってくれたドロシーと、
ヒントを与えてくれたモイラと、
心配してくれたデイヴィッドに

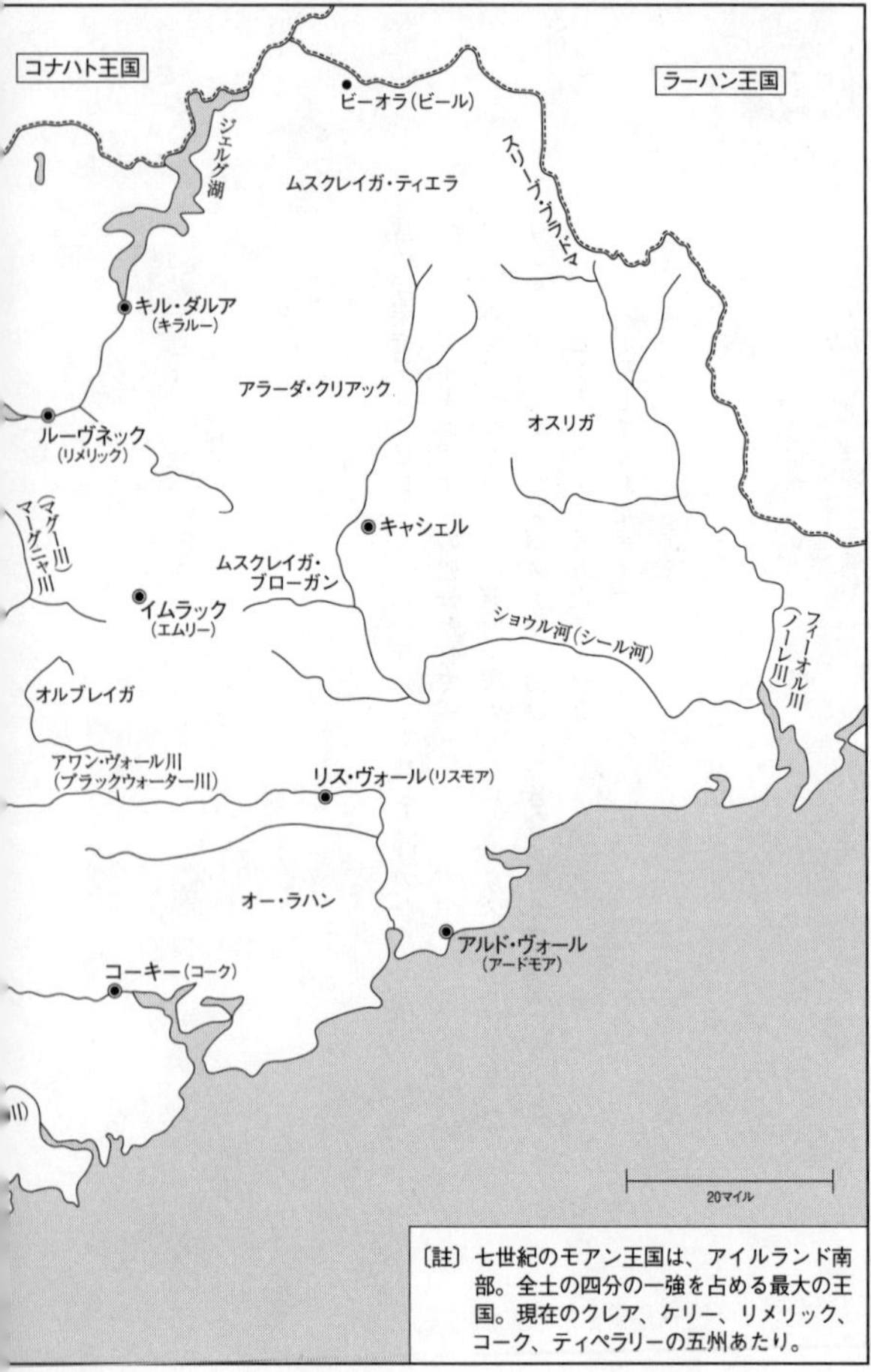

〔註〕七世紀のモアン王国は、アイルランド南部。全土の四分の一強を占める最大の王国。現在のクレア、ケリー、リメリック、コーク、ティペラリーの五州あたり。

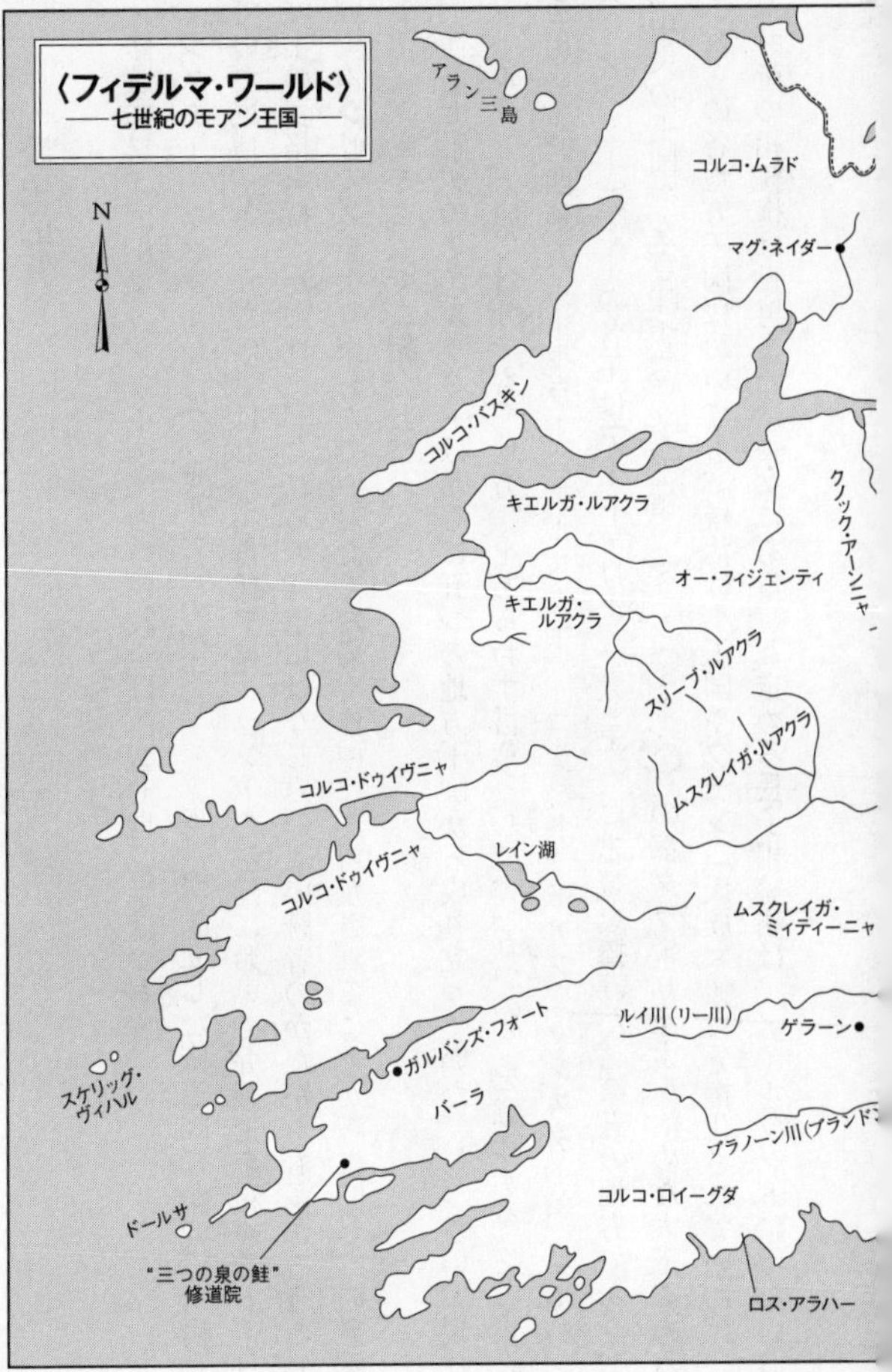
〈フィデルマ・ワールド〉
——七世紀のモアン王国——
N
アラン三島
コルコ・ムラド
マグ・ネイダー
コルコ・バスキン
キエルガ・ルアクラ
クノック・アーンニャ
オー・フィジェンティ
キエルガ・ルアクラ
スリーブ・ルアクラ
ムスクレイガ・ルアクラ
コルコ・ドゥイヴニャ
コルコ・ドゥイヴニャ
レイン湖
ムスクレイガ・ミィティーニャ
ルイ川（リー川）
ゲラーン
ガルバンズ・フォート
スケリッグ・ヴィハル
バーラ
ブラノーン川（ブランド
ドールサ
コルコ・ロイーグダ
"三つの泉の鮭"修道院
ロス・アラハー

歴史的背景

《修道女フィデルマ・シリーズ》の時代設定は西暦七世紀半ばである。

シスター・フィデルマは、〝キルデア[1]の聖ブリジッド[2]〟が設立した修道院にかつて所属していた尼僧、というだけではない。古代アイルランドの法廷において弁護士を務めるドーリイー[3]の資格を持った女性だ。これらの背景にはなじみの薄い読者のかたがたも多かろうと思い、本シリーズをより楽しんでいただくため、作中にて言及されることがらに関しての最重要ポイントをここでご紹介しておく。

　西暦七世紀のアイルランドはおもに五つの地方王国から成り立っていた。じっさい、現代アイルランド語[4]では今でも〝地方〟をあらわす言葉として、〝五つの〟を意味する〝クイゲ〟を用いる。四地方──ウラー[5]（アルスター）、コナハト[6]、モアン[7]（マンスター）、ラーハン[8]（レンスター）──の各王はアード・リー〔大王《ハイ・キング》〕[9]に忠誠を捧げた。第五の地方であり、〝中央の王国〟を意味する〝大王領〟ミー[10]（ミース）の都タラ[11]より全土を治めた大王である。これらの各地方王国においても、統治は小王国やクラン〔氏族〕[12]領に分権化されていた。

　財産の相続権は長男または長女にある、と定める長子相続法は、アイルランドにはない概念であった。王を選ぶさいには、最下位のクランの族長から大王に至るまで、一部では世襲制の場合もあったが、もっぱら選挙制が用いられていた。統治者となる者は、男であれ女であれ、その地位にふさわしい人物であることをみずから証明せねばならず、デルウィネ——共通の先祖から数えて少なくとも三世代以上の家族集団——の秘密会議において選挙によって選ばれた。統治者が民の福利の追求をおろそかにした場合には弾劾され、地位を追われることとなった。ゆえに古代アイルランドの君主制は、中世ヨーロッパで発展した封建君主制よりも、現代の共和制に共通する部分が多い。

西暦七世紀のアイルランドは〈フェナハスの法〉[13]、つまり〝地を耕す者の法〟と呼ばれる洗練された法律によって統治されていた。のちに〈ブレホン法〉[14]として一般的に知られることとなる法律である。〝裁判官〟を意味する単語ブレハヴからその名がつけられた。[15]いい伝えによれば、この法律が最初に編纂されたのは紀元前七一四年、大王オラヴ・フォーラの命令によるものだった。だが大王リアリィー[16]によって九人の識者が招集され、この法に検討・改訂が加えられて、当時新たに用いられはじめたラテン文字によって書き留《と》められたのは西暦四三八年のことであった。この会議に招集されたうちのひとりが、のちにアイルランドの守護聖人となるパトリック[17]だった。識者たちは三年後、この法律を文書化したものをつくりあげた。知られるかぎり、これが最初に成文化された法典である。

古代アイルランドの法典で完全版が現存している最古のものは十一世紀の写本に収録され

ている。やがて十七世紀になると、アイルランドにおける英国の植民地統治によって〈ブレホン法〉の使用が禁止された。法典を一冊所有しているだけでも罰せられ、死刑または流刑に科せられる場合も少なくなかった。

法体系は不変のものではなく、三年ごとにフェシュ・タウラッハ[18]（〈タラの大祭典〉）において法律家や行政官らが集《つど》い、変わりゆく社会とそれに応じた必要性を考慮し、法の検討と改訂をおこなった。

これらの法のもとで、女性は独特の地位を占めていた。アイルランドの法律では、当時、あるいはそれ以降のいかなる西欧の法典とくらべても、より多くの権利と保護が女性に与えられていた。女性は男性と同等に、あらゆる官職、あらゆる専門的職業に就くことができ、またじっさいに就いていた。政治指導者になることも、武人として戦《いくさ》で兵たちの指揮を執ることも、医師にも、地方行政官にも、詩人にも、職人にも、弁護士にも裁判官にもなれた。フィデルマの時代に生きた女性裁判官の名前はわれわれも知るところだ――とりわけ、ブリーグ・ブリューゲッド、エインニャ・インギーナ・イーガイリ、デイリーといった名には聞きおぼえがあるだろう。たとえば、デイリーは裁判官であっただけでなく、六世紀に書かれた名高い法典の著者でもあった。女性たちは、性的いやがらせ[19]や性差別、強姦などからも法によって守られていた。夫と同等の条件のもとに離婚[20]する権利も、夫婦離別に関する法のもとに定められており、離婚の和解条件として夫の財産の一部を要求することができた。個人的財産を相続する権利も、また病気や入院のさいには疾病手当の支給を受けることもできた。古代アイルランドには、ヨーロッパ最古の病院の記録システムが存在した。今日《こんにち》の観点から眺めると、〈ブレホン法〉の世は男女同権論者《フェミニスト》にとって楽園といってもよかった。

こうした背景、および近隣諸国とアイルランドとの歴然とした差をご理解いただいたうえで、本シリーズにおけるフィデルマの役割をお楽しみいただければと思う。

フィデルマは西暦六三六年、アイルランド南西部のモアン王国の王都キャシェルに生まれた。ファルバ・フラン王[21]の末娘だが、王は彼女が誕生した一年後に逝去している。フィデルマは遠縁にあたるダロウ[22]の修道院長ラズローン[23]のもとで育てられた。〈選択の年齢[24]〉（十四歳）に達したとき、フィデルマはほかのアイルランドの少女たちと同様に、ブレホン[25]〈法廷弁護士〉である〝ダラのモラン師[26]〟が教鞭を執る〈詩人の学問所[27]〉で学ぶこととなった。八年間の勉学を経てフィデルマはアンルー〈上位弁護士〉の資格を取得した。これは古代アイルランドにおいて、〈詩人の学問所〉あるいは聖職者の学問所が授与する最高位の資格に次ぐ高位資格であった。その最高位の資格はオラヴ[28]と呼ばれ、現代のアイルランド語においても〝大学教授〟を意味する言葉として残っている。フィデルマは法律を学ぶさい、『シャンハス・モール[29]』に基づく刑法と『アキルの書[30]』に基づく民法の両者を究めたので、ドーリィーとして法廷で弁護に立つこともできた。

警察とは別に証拠を集めて吟味し、事件の手がかりを探すという点で、彼女の役割を、現代スコットランドの州裁判所の判事補佐になぞらえてもよいだろう。現代フランスの予審判事も同様の役割を担っている。

これに遡《さかのぼ》る数世紀の間には、専門家や知識階級の人々はみなドゥルイド[31]と呼ばれていたが、この時代、そうした人々のほとんどが、新たに参入しはじめたキリスト教の修道院に属していた。フィデルマもかつては、五世紀後半に聖ブリジッドが設立したキルデアの修道院の一員であった。

ヨーロッパにおいて七世紀は〈暗黒時代〉の一部と考えられているが、このときのアイルランドは〈黄金の啓蒙時代〉であった。ヨーロッパ各地から学生たちが教育を受けるためにアイルランドの大学へ群れをなしてやってきた。その中にはアングロ・サクソン諸王国の王子たちの姿もあった。ダロウのキリスト教系の大学問所では、当時、少なくとも十八か国以上の国々から学生が訪れていたという記録が残っている。同時に、アイルランド人修道士やアイルランド人修道女は異教の地であるヨーロッパにキリスト教を布教するため国外へ出かけていき、教会や修道院を設立し、東はウクライナのキエフ、北はフェロー諸島、南はイタリア南部のターラントに至るまで、ヨーロッパじゅうに学問の拠点を築いていった。アイルランド、といえば教養と学問の代名詞であった[32]。

だがアイルランドのケルト・カトリック教会とローマ・カトリック教会との間では、典礼の方式や式次第についての論争が絶えなかった。ローマ教会は四世紀に改革に着手し、復活《イース》祭《ター》の日取りやそのための儀式の解釈を変えていった。ケルト教会と東方正教会はローマに従うことを拒んだが、九世紀から十一世紀にかけてケルト教会はしだいにローマ教会に吸収され、いっぽう東方正教会は今日《こんにち》もローマからの独立を保ちつづけている。フィデルマの時代のアイルランドのケルト教会は、まさにこの対立の渦中にあった。

　七世紀のケルト教会とローマ教会に共通していたのは、独身制がかならずしも守られてはいなかったという点であった。肉体的な愛は神に身を捧げることにより昇華されねばならぬと考える禁欲主義的な修道士たちはどちらの教会にも常に存在したが、聖職者の婚姻が、禁止とまではいかずとも咎《とが》め立てされるようになったのは、西暦三二五年のニカイアの総会議《カウンシル》(33)がきっかけだった。ローマ教会における独身制の概念は、もとは異教の女神ウェスタに仕える巫女や、女神ディアナに仕える神官たちの慣習から生じたものであった。五世紀になると、ローマ教会は大修道院長および司教よりも上位にある聖職者たちに妻との同衾《どうきん》を禁じ、やがてまもなく、婚姻そのものを禁止した。ローマ教会は一般の聖職者たちの婚姻を認めていなかったが、禁止するまでには至っていなかった。じっさい、西欧の聖職者全員が独身制を受け入れるべく強いられることとなったのは、教皇レオ九世（在位一〇四九〜一〇五四年）による改革がなされたときのことであった。東方正教会においては、今日でも、大修道院長および司教よりも下位の聖職者たちには婚姻の権利が認められている。

　ケルト教会においては異性関係に対し寛大な姿勢がとられていたというこれらの事実をご

理解いただければ、おのずとこの物語の背景を理解していただけるだろう。
ローマ教会の方針が教義として制定されても、しばらくのちまで、〝肉欲の罪〟を断罪するという考えかたはケルト教会にとっては相容れぬものだった。《フィデルマ・ワールド》では、男女がともに大修道院や僧院で暮らしている。こうした施設は男女共住修道院《コンホスピタエ》あるいは〝ダブル・ハウス〟と呼ばれ、そこでは男女がキリストに仕えながらともに暮らし、子どもを育てていた。

フィデルマが所属していたキルデアの聖ブリジッド修道院も、彼女の暮らした時代には、男女が共同生活を送るそうした修道院のひとつだった。聖ブリジッドがキルデア（キル・ダラ、オークの木の教会の意味）に修道院を設立したさいにも、コンレード司教という人物が招き入れられている。聖ブリジッドの死去から五十年後、フィデルマの生きた時代である西暦六五〇年に書きあげられた彼女の最初の伝記は、コギトサスというキルデアの修道士が著したものだが、その中にも、この修道院が彼の時代にもやはり男女共住のままであったことが明確に記されている。

女性が男性と同等の役割を担っていた証拠に、この時代のケルト教会では、女性も司祭を務めていたということは着目すべき点であろう。聖ブリジッドも、聖パトリックの甥であるメールによって司教の位を授けられたが、これはけっして特殊な例ではなかった。じっさい、六世紀には、ケルト教会が聖体の秘跡たるミサを女性に執りおこなわせていることに対し、ローマ教会は文書によって抗議を申し立てている。

多くの読者のかたがたにとっては、フィデルマの活躍する七世紀のアイルランドの地理的・政治的な国土区分はなじみが薄いであろうと思い、参考までに、簡略な地図を添付した。また、人名をより手軽に参照しやすいよう、主要登場人物一覧も添えた。わたしは通常、いうに及ばぬ理由から、時代錯誤的な地名は用いないようにしている[34]が、ときには、チャワルよりもタラ、カシェル・モアンよりもキャシェル、アード・マハではなくアーマー、といった現代の地名を用いることはある。しかし、モアンという地名に関しては、〝マンスター〟という呼び名よりも、あくまでも〝モアン〟と呼ぶことにこだわっている。というのも、〝マンスター〟とは、九世紀に古代スカンジナヴィア語の〝スタドル〟（場所）と、アイルランド語の地名である〝モアン〟を組み合わせたものがさらに英語化した、当時にはない呼び名だったからだ。同様に、〝ラーハン・スタドル〟が英語化した〝レンスター〟という現代の呼び名よりも、かならず本来の呼び名である〝ラーハン〟を用い、〝ウラー・スタドル〟（アルスター）よりも〝ウラー〟と記すことにしている。アードモア（アルド・ヴォール、〝頂上〟の意味）、モヴィル（マー・ウィーレ、〝古代神ベレヌスの平原〟の意味）、バンゴア（ビョンハール、〝尖った峰の丘陵〟の意味）は英語化した形を用いることにしている。

　これより西暦六六六年を舞台に繰りひろげられる物語においては、修道女フィデルマは聖ヤコブの祀《まつ》られるサンティアゴ・デ・コンポステラ大聖堂への巡礼の船旅に出る。読者のかたがたの中には、ペラーヨというガリシアの修道士が、星々の光（カンプス・ステラ、〝星の野〟の意味）に導かれ、アルキス・マーモリキスなる、聖人たちの眠る大理石の墓を発見したのは西暦八〇〇年のことだった、と指摘するかたもおられるだろう。

ゼベダイとマリア・サロメの息子でありヨハネの兄弟であったヤコブは、西暦四二年にパレスチナで命を奪われた、新しい信仰のために殉教した最初の使徒である。だが、初期キリスト教のいい伝えによれば、彼はかつて宣教の旅でイベリア半島を訪れていたため、弟子たちがその亡骸《なきがら》を大理石の棺台に乗せ、ガリシアへ向けて船出したといわれている。船が到着した地はパドロンであった。著者が妻とともにこのちいさな美しい町を訪れたさい、教会の掃除をしていた老爺《ろうや》に、主祭壇の下にある凹《へこ》みを見せてもらった。そこにあった古びた大理石にはラテン文字が刻まれており、聖ヤコブの亡骸を乗せたほんものの石であることが記されていた。

遺体は現在のサンティアゴ・デ・コンポステラ（〝星々の野の聖ヤコブ〟の意味）へ運ばれた。幾世紀もの時を経て、キリスト教が発展を遂げる中で分裂を繰り返すうちに、〝使徒《ローカ》の眠る場所《ス・アポストリカス》〟に対する認識は曖昧になっていった。今では〝ケルト教会〟という回顧的な名で呼ばれる、当時の、新たなキリスト教独自の典礼の方式や式次第に固執していた教会は、ローマ教会が神学理論と実践の改革に乗り出したのちも、しばらくはサンティアゴ・デ・コンポステラを聖ヤコブの最後の安息地として尊《とうと》びつづけていた。

フィデルマのサンティアゴへの巡礼の旅はまったく時代錯誤ではない。じっさい、五世紀には一万人ものアイルランド人キリスト教巡礼者が聖パトリック直々の祝福を受けてサンティアゴを訪れた、と初期のキリスト教文献にも記されている。十二世紀の『聖ヤコブの書』には、巡礼の旅という長きにわたる習慣についての言及があり、ガリラヤの漁師であった聖ヤコブのシンボルは帆立貝の殻《から》であったとされている。これまでにも考古学者たちが、おもに中世のものと思われるアイルランドの遺跡で、教会の土地に遺体とともに埋められた帆立貝の殻を数多く発掘している。『聖ヤコブの書』にも、サンティアゴでは巡礼者たち向けに帆立貝の殻を露店で売る、という記述がある。サンティアゴでは現在も帆立貝の殻が飾りものとして売られている。

《フィデルマ・ワールド》の社会的・技術的背景は単なる作者の創作なのか、との問い合わせを読者のかたがたから頻繁にいただくことがあり、また事実、近頃とある書評を拝見し、作者の描いている科学技術が当時のアイルランドの力を鑑《かんが》みればとうていあり得ないものである、とお考えのかたもいらっしゃるようにお見受けした。本書の背景は、とりわけ以下に述べる資料に基づいているので、そういった読者のかたがたにも興味を持っていただけるのではないかと思う。

巡礼の旅に関しては、ダグマー・オ・リアン＝レーダル「中世アイルランドにおけるサンティアゴ・デ・コンポステラへの巡礼の旅」（『ヒストリー・アイルランド』、一九九八年秋号）が素晴らしい助力となったことに感謝を申しあげたい。

　また、背景を描くうえでのたいへん参考になった資料として、G・J・マーカス「中世アイルランドにおける遠洋航海の先駆者たち」（『アイリッシュ・エクレジアスティカル・レコード』、一九五一年十一月号および十二月号）、「アイルランド初期における航海のさらなる研究」（同、一九五四年、九三〜一〇〇ページ）、王室海軍司令官およびマルタ騎士団団員であったアンソニー・マクダーモットの「航海者聖ブレンダン」（『マリナーズ・ミラー』、一九四四年、七三〜八〇ページ）、クレイグ・ウェザーヒル「ベネト人の船」（『コーニッシュ・アーケオロジー』二十四号、一九八五年）、ローズマリー・パワー「古代スカンジナヴィア世界におけるアイルランド旅行者たち」（ヒル&バーバー編『アスペクツ・オブ・アイリッシュ・スタディーズ』、一九九〇年）、ジョン・ムアウッド「古代の航海用計器」（『アトランティック・ヴィジョンズ』、一九八九年）、以上を挙げておきたい。

ゴシック文字はアイルランド（ゲール）語を、行間の（ ）内の数字は巻末訳註番号を示す。

聖書の引用は、原則として『舊新約聖書・文語譯』（日本聖書協会）に拠る。

憐れみをなす者　上

我はなんぢの憐憫《あはれみ》をよろこびたのしまん
なんぢわが艱難《なやみ》をかへりみ
わがたましひの禍害《わざはひ》をしり

『詩篇』第三十一篇七節

第一章

西暦六六六年十月中旬、アイルランド南海岸アードモア湾

旅籠《はたご》の主人カラは革の手綱をぐいと引いた。品物を山と積んだ荷馬車を牽《ひ》いて岩だらけの険しい岬を行く小径を黙々と進んでいた、丈夫そうな二頭の驢馬《ろば》が歩みを止めた。穏やかな秋の朝で、東の空には太陽が顔を出しはじめている。岬から見おろす先にひろがる凪《な》いだ水面《みなも》には、せいぜい三つ四つのちぎれ雲を浮かべただけの紺碧《こんぺき》の天蓋が映っている。かすかに北西の風が吹き、朝の満ち潮を揺らしていた。この海沿いの小高い場所から見るかぎり、ぼんやりと霞《かす》む長い水平線はまっすぐ横に延びていて、さほど波立ってはいない。とはいえ、カラとてこの大海原のそばでそれなりに長く暮らしてきたので、それが幻想にすぎないこと

は承知していた。こんなに離れた場所からでは、危険に満ちた暗い海のうねりや潮流は、人の目では見分けられない。

周囲では、海鳥や沿岸に棲む鳥たちが朝の挨拶をやかましく鳴き交わしながら、空中を旋回したり矢のように素早く飛んだりしていた。ウミガラスは厳しい冬の数か月を前に旅立たんと、沿岸にずらりと群れている。岩壁の巣からとうに巣立ったウミスズメが数羽まだそこらにいるが、二、三週間もすれば飛び立っていくだろう。いくらか残っていた逞《たくま》しい夏鳥たち、たとえばウミウなどの姿も今はほとんどない。こうなればもうカモメたちが幅をきかせはじめる季節だ。灰色の背をした大型のシロカモメよりも、小ぶりでおとなしい種類のカモメの群れであたりはひしめき合っている。

カラは夜明け前に起き出して荷馬車を走らせ、聖デクラン修道院に向かっていた。この修道院はアードモアと呼ばれる険しい岬の頂に建っており、その高みからは眼下のちいさな港が見わたせる。カラはこのあたりで旅籠を営むばかりでなく、ブリテン島やゴール(1)、あるいはもっと遠い土地から訪れてこの港に停泊し、さらにアイルランド各地の沿岸へ向かう商人たちとも取引をしていた。

今朝の用向きは、昨夜ゴールからの商船に揺られて到着した葡萄《ぶどう》酒の大樽四つとオリーブ油の配達だった。これらのものを持っていくと、勤勉なる修道士のかたがたが革製品――靴や財布や鞄といった――や、カワウソやリスや野ウサギの毛皮でこしらえた品に交換してくれる。カラは今、港へ戻ってゴール人商人のもとへ行く途中だった。商人は、夕の満ち潮に乗ってふたたび船を出すといっていた。今回の取引には修道院長も至極上機嫌だったし、カラにとっても割のよい仕事だった。実りある商いだったので、岬へ向かう彼のいかつい顔にも、思わず満足げな笑みが浮かんでいた。

それでもやはり、彼はふと驢馬を止まらせて目の前の景色を見わたした。ここから見おろしていると、あたかもこの一帯をわが手中に収めたかのような、権力を手にしたかのような心地がする。眼下にひろがる湾にはちいさな港があり、海錨《かいびょう》をおろした船が数隻、波に揺られていた。この景色を眺めていると、まるで自分が王となり、わが王国を見おろしているような気分を味わえた。

北西から吹きつけるひんやりとした風にもの思いをさえぎられ、彼は思わず身震いをした。朝とは潮風がすこし変わり、さらに強く冷たくなっている。日の出からすでに一時間、潮目も変わりつつあった。入江はもうじき活気に満ちるだろう。カラは手綱を振るい、重い荷馬車をゆっくりと走らせはじめると、丘をくだる曲がりくねった険しい道を、眼下にひろがるちいさな砂の湾めざしておりていった。

入江の港に停泊している船の中に二隻、巨大なレア・ロンガ〔航洋船〕の黒いシルエットが見えた。見通しのよいこの場所からだとちっぽけで貧相な船に見えるが、じっさいは船首から船尾まで二十五メートルくらいあり、この岸のはるか沖にある広大な海を縦横無尽に駆けまわることのできる、大きくて頑丈な船だということはカラも知っていた。

　さまざまな鳥の鳴き声と、海の遠いさざめきとをかき消すように、バリバリという破裂音のような音が耳に届き、思わずそちらに顔を向けた。続いてすぐさま怒号が飛び交い、驚いた海鳥たちが不満げに騒ぎ立てながら湾の上空へ飛び立つ。その音も動きもむしろ予期していたものだった。敏《さと》いまなざしで、彼はすでにレア・ロンガの一隻がゆっくりと出航していくさまをとらえていた。先ほどの破裂音は、革製の巨大な帆が、帆柱に固定される前に突風に煽《あお》られ、風をはらんでたてた音だ。カラはわけ知り顔に笑みを浮かべた。暁の北西の風を利用して潮の変わり目にうまく乗ろうと、船長はてんやわんやだろう。そういうのを船乗りたちはなんと呼ぶんだったか？　風と同じ方角に船を走らせる潮、そう、順風潮だ。腕のいい船乗りならばあっという間に湾から脱出し、アードモア岬を回って、南にひろがる広大な海へ乗り出すだろう。

　カラは目を凝らして船の名前を確かめようとしたが、そういえば今朝出航予定の船は一隻しかなかった。マラハッド船長のゲ・フィウラン号――カオジロガン号――だ。巡礼のご一行様を乗せて、海の向こうのなにやらありがたい聖地へ向かうのだとマラハッドは話していた。そういえば荷馬車で修道院への道をのぼっていく途中、まさしく彼の船に乗るとおぼしき修道士と修道女の一団が港をめざして歩いてくるのとすれ違った。珍しいことではない。聖デクラン修道院にはアイルランド五王国(2)全土からこうした巡礼団が大勢やってくる。巡礼者たちはたいていこの修道院に滞在したあとそれぞれ船に乗りこみ、さまざまな目的地へ運ばれていった。それぞれの事情で、カラの旅籠に宿泊するほうを好む巡礼者たちもいた。今頃はカオジロガン号の船上だろうが、昨晩もそうした客が数名、彼の宿屋に泊まっていた。かなり遅い時刻にひとりであらわれた若い修道女は、夜明けの船に無事に乗れるだろうかと気を揉んでいるようすだった。宿屋を手伝わせている甥のメナマによれば、その前にも、やはり巡礼船に乗る予定だという男女の客がひと組やって来たらしい。

カオジロガン号は良好な風と波に運ばれて水面を順調に進んでいるようだった。水平線の彼方をめざし、見知らぬ土地へ冒険に乗り出していくマラハッドと彼の乗る美しい船が、カラにはどこか羨《うらや》ましく思えた。いっぽうで、あんな生きかたは自分にはとうていできないのもわかっていた。船乗りは向いていないし、先の見える人生のほうがいい。岬に荷馬車を停めて眼下の海や船を一日じゅう眺めているのも悪くないが、やるべき仕事もあるし、旅籠をほうっておくわけにもいかない。そういうわけで彼は道に注意を戻し、手綱を振るって舌を軽く鳴らし、驢馬たちを急かした。驢馬たちは耳をぴんと立て、おとなしく荷車を牽いていった。

荷馬車で険しい山道を行くときは常にのぼりよりもくだりが難儀するので、よそ見せずに集中せねばならなかった。旅籠の庭につくと、カラは荷馬車を止めた。出発したときにはまだ暗くて誰も起きていなかった。だが今は村じゅうが活気づいている。漁師たちはそれぞれの小舟に向かい、前の晩に陸の上でしたたか酔っぱらってさんざん騒ぎまくった船乗りたちも起き出して各々の船に戻り、働き手たちも今日の仕事をこなすために畑に出ていた。

メナマという陰気な顔つきの青年がカラの旅籠を手伝っていた。ずんぐりとした旅籠の主人が入っていくと、彼がちょうど食堂を出ていくところだった。カラは、出発前に客が朝食をとったテーブルをメナマが綺麗に片づけたのを確かめ、満足げに部屋を見わたした。

「客室の掃除は済んだか？」遠出の疲れを癒やそうと、甘口の蜂蜜酒《ミード》を手酌でマグに注《つ》ぎながら、カラは訊ねた。

メナマは腹立たしげにかぶりを振った。

「やっと朝食の片づけが済んだとこだよ。そうだ、例のゴール人商人が訪ねてきたよ。品物を昼までに積み終わりたいから、二、三人連れてすぐ戻ってくるってさ」

カラは酒をちびちびとやりながらおざなりに頷いた。やがて面倒臭そうにひとつため息をつき、マグを置いた。

「なら部屋の掃除をぼちぼち始めんと、仕度が終わる前に新しい客が来ちまうぞ。巡礼客は全員無事に発《た》ったか？」

メナマはしばらく考えこみ、それから答えた。

「巡礼客？　たぶんね」

「〝たぶん〟だと？」カラが言葉尻をとらえた。「客が出発したことすら確かめないとは、ずいぶんとご立派な旅籠の主人だな」

若者は主《あるじ》の嫌味を受け流した。

「飯を喰わせろって客がほかにも大勢いたのに、俺ひとりで給仕してたんだ」むっとしたようにいい返すと、ふたたび考えこんだ。「あの男女の客、ゆうべ夕食どきも過ぎた頃に来た修道士様と尼僧様だったら――夜明け前にはいなくなってたよ。俺は起きてもなかった。このテーブルの上に代金だけ置いてったよ。あんたは朝早く出かけちまったし。出ていくところを見なかったのかい?」

カラはかぶりを振った。

「巡礼団なら一度だけ見かけたが、あれは修道院から来て波止場に向かう一行だった。そういや、あとから追っかけてった尼僧様がひとりいたな。連中は波止場に早めに着きたかったんじゃないかね?」彼はさほど興味もなさそうに肩をすくめた。「まあ、代金を払ってってくれたんならいい。宿泊客は十人ちょいってとこだったが、あのふたりを除けば、今朝カオジロガン号に乗ることになってたのは――ゆうべ、だいぶ遅くに到着した若い尼僧様だけだった。おまえ、あの尼僧様がちゃんと起きて、波に揺られてったのをもちろん確認したんだろうな?」

知らねえよ、とメナマは答えた。

「そんな女いたかね。でもいないってこたあ、船に乗るか別のとこへ行くかしたんじゃねえの」と肩をすくめる。「なにせ俺にゃ、目玉ふたつに手が二本しかないんでね」

カラは苛立たしげに唇を引き結んだ。こいつが姉の息子でなければ、両耳を拳《こぶし》でしたたかに殴りつけてやるものを。メナマは若いくせにすっかり無精者になり、口を開けば文句ばかり垂れている。どうやら彼には、旅籠ごときで働くなど自分のやるべき仕事ではない、と思っているふしがあった。

「そうかね」腹の虫をぐっと収め、カラは答えた。「客室を掃除してくる。ゴールの商人が戻ってきたら知らせろ」

彼は木の階段をのぼり、客室へ向かった。どの部屋もきちんと調っている。ひとつある大部屋には、狭いことさえ我慢すれば安価で十数人宿泊できるようになっている。残りの六つは、ここの主人に気前よく代金を払う甲斐性のある客のための部屋だ。共同部屋は、昨夜は満員だった。ほとんどが飲みすぎと食べすぎで自分の商船に帰り着くのもままならなくなったゴール人の酔いどれ船乗りどもだった。残りのうち五部屋が埋まっていた。遠方から来た商人が三部屋。それからどういう事情かは知らないが、件《くだん》の修道士や修道女が、丘の上の修道院のもてなしを受けるのではなくここに泊まっていた。よくあることだ。

その若い修道士と修道女の到着にはカラは居合わせなかった。メナマの話によれば、夕食どきもとうに過ぎた頃、荷物も持たずに来たそうだ。食事を求めもせずに個室に入ったらしい。だがカラは、遅い時刻に到着した三人めのことははっきりと憶えていた。その若い修道女は、だいぶ夜も更けてからあらわれたうえ、やけに不安げで落ち着かないようすだったからだ。待ち人でもあったのか、しばらく旅籠の外をうろうろしたあげく、誰か自分を訪ねてこなかったかと訊ねてきた。名前を聞いたおぼえはあるが忘れてしまった。修道院のほうが落ち着くだろうと思うのに、彼女はどうしてもここに泊まりたいのだといいはり、今から険しい山道をのぼって修道院に保護を求めるにはもう暗すぎる、と譲らなかった。翌朝は早めに起床して仲間の修道士や修道女たちと落ち合い、ともに巡礼船に乗りこむ予定だとも話していた。朝の潮流に乗って船出することになっていたのはカオジロガン号だけだったので、あの船のことをいっていたのは間違いないだろう。かならず時間どおりに起こしてやるようメナマに釘を刺してから出かけるべきだった。客になに不自由なく過ごしてもらうということは、この旅籠の主人にとってはなによりも譲れない点だった。

階段をのぼりきったところで、カラは厄介な仕事の前に気を奮い立たせるかのように一瞬立ち止まった。掃除が大嫌いなのだ。旅籠をやっていく中でこれが最も苦だった。ずっと独り身なので、甥がこの面倒な仕事を分担してくれるのではとひそかに期待していたのだが、むしろいらぬ荷物を抱えこんだだけだった。

箒《ほうき》を手に共同部屋のドアを押し開けたとたん、彼は悪臭に顔をしかめた。気の抜けた葡萄酒と、饐《す》えた汗と、そのほかさまざまなものが混じり合った臭《にお》いが、さんざん寝散らかされたままのマットレスの群れの上に漂っている。そこで、楽なほうから先にやろうと個室に向かった。そちらの掃除のほうがまだましだ。ひどいありさまのだだっ広い部屋とはあとでもう一度向き合うとしよう。

部屋のドアはみな開け放たれていた、いちばん奥の部屋以外は。そこはまさに、遅い時刻に到着した例の若い女性客を彼自身で案内した部屋だった。人となりを見抜くのは得意なつもりだ。あの若い女はたぶん神経質な性格で、発つときに部屋を片づけてドアを閉めていく質《たち》だ。カラは目ざとい自分に満悦してひとりほくそ笑み、予想が当たっていたら今夜は自分に一杯奢《おご》ってやろう、と決めた。自分の店で一杯やる口実をつくるためによくやるゲームだ。だが逃避もそれが精一杯で、彼はしぶしぶ手を動かしはじめた。

自分でも驚くほど手早く、しかもその手際よい動きからは信じがたいほど隅々まで丹念に各部屋を掃除していった。件の修道士と修道女が泊まっていた五号室に取りかかる頃には、仕事がかなり捗《はかど》ったので機嫌もよくなっていた。室内に入る。部屋の状態は客が入る前とさほど変わっておらず、寝台もきちんと整えられていた。客がみなこんなふうに清潔できれい好きならどんなにいいことか！　この部屋はたいして掃除をしなくてもすみそうだ、と喜びかけたとき、ふと床に目が留《と》まった。黒っぽく染みになっている。なにやら踏んでしまったときの足跡にも似ていたが、排泄物らしき悪臭はしなかった。おそるおそる屈みこみ、指でつついてみた。まだ湿っているが、指にはなにもついてこなかった。

気を取り直し、部屋をぐるりと見わたしてみた。最初に思ったとおりだ。室内はきちんと片づいている。彼は一か所だけぽつんとある染みに目を戻し、途方に暮れて眉をひそめた。なぜそうしたのか思い返してもわからないが、彼は染みを掃除することなく部屋を出た。すると、六号室のドアの前の床に染みがもうひとつあった。一瞬ためらったのち、ドアをノックしてから掛け金を外し、ドアを押し開けた。

窓のカーテンが閉まったままで室内は薄暗かったが、寝台にまだ誰かが横になっていることがかろうじてわかるくらいの明かりはあった。

カラは咳払いをした。「修道女様、ずいぶんとよくお休みのようで」と棘《とげ》のある声で呼びかける。「お乗りの船ですが——とっくに出てしまいましたよ。修道女様、起きなされ！」

毛布はぴくりとも動かなかった。

なにを目にすることになるのだろう、と恐れおののきながら、カラはそろそろと近づいた。なにか変だ、とは直感でわかった。同時に、窓辺にある枕もとのほうへ行き、カーテンを開けると、光が室内にあふれた。寝台に横たわった人の身体が、胴体ばかりか頭まですっぽりと毛布に覆われているのがわかった。床には肉切りナイフが落ちていた。この旅籠で使っているナイフの一本だ。

「修道女様？」声がうわずった。先ほどからの胸騒ぎを自分でも信じたくなかった。

彼は震える手を毛布の端に伸ばした。湿っている。濡らしているのが水ではないことは見なくてもわかった。おそるおそる、顔の上にかかった毛布を捲《めく》りあげる。

若い女が横たわっていた。かっと見開かれた目は虚《うつ》ろで、唇は末期《まつご》の苦しみを訴えるように歪んでいる。肌は蠟《ろう》のように白かった。死んでからだいぶ経っている。あまりの衝撃に、カラは光を失った女の瞳から胴体のほうへ視線をそらした。白い亜麻布のシュミーズは切り裂かれて血まみれだった。ナイフによる傷痕でも、これほどまでに残虐でひどいようすはカラも見たことがなかった。死体は切られていた――というよりもむしろ切り刻まれていた。

カラは血染めの毛布をふたたび死体の上に取り落として奇声をあげた。そしてくるりと後ろを向き、嘔吐《おうと》しはじめた。

第二章

〝キャシェルのフィデルマ〟は船の艫《とも》で手すりに身体を預け、海岸線が上下に揺れながらみるみる遠ざかるのを眺めていた。彼女は今朝この船に乗りこんだ最後の乗客で、巨大な一枚横帆を中央の大檣《メインマスト》いっぱいにひろげるよう船長が声を張りあげたまさにそのときにぎりぎりで飛び乗った。同時に船員たちが重い海錨《かいびょう》を引きあげた。彼女が甲板下の客用船室をじっくり見に行く暇もなく、巨大な船は、まるで思いきり息を吸ったときの肺さながらに、薄い革でこしらえた帆に風をはらみ、バリバリと音をたてながら動きはじめた。

「舵取り帆を張れ！」船長の大音声が響きわたった。メインマストの前方に斜めに立っている高いマストに向かって船員たちが駆けていく。十字に交差した帆桁に小ぶりの帆が張られた。船尾甲板を見あげると、船長の傍らには筋骨隆々の男がふたり控えていた。左舷側には大型の舵取り櫂《オール》が取りつけられている。その大きさといったら、まさにこのふたりの船員が渾身の力を注がねばならないほどのものだった。船長が大声で命令し、彼らは櫂を強く引いた。船は潮流に乗り、麦の穂を刈る大鎌のごとく、堂々たる姿でさざ波の間へ進み出ていった。

カオジロガン号がみるみるうちにアードモア湾をあとにしたので、フィデルマは甲板下にはおりずにしばらくその場に佇《たたず》み、船上のようすを眺めていた。旅の同行者たちの姿は、左舷の中央あたりの手すりのそばで腕を絡め合って立っているふたりの若い修道士のほかには見当たらない。ふたりでなにやら話しこんでいる。それ以外に乗客の姿はないので、おそらくほかの巡礼者たちは甲板下の客用船室に引っこんでいるのだろう。六人の船員たちが、荒波をかいくぐってイベリア半島までこの船を走らせるという役目を与えられ、船長の厳しいまなざしのもと、慌ただしく走りまわりながらさまざまな作業をこなしている。なぜ乗り合わせた客たちは、この港からの船出という、海の旅の始まりのうちで最も心躍る瞬間のひとつを見逃したりできるのだろう、とフィデルマは不思議でならなかった。船旅の経験ならば彼女にも幾度かあったが、港を出るときの光景や音の響きには、そのたびに夢中にならずにいられなかった。船体が最初の波に揺られてがくんと跳ねあがるのを身体で感じ、波間に見え隠れする海岸線がしだいに消えていくのを見守る。水平線の彼方へ遠ざかり、やがて沈んでいく陸地を眺めているだけでも、たぶん何時間でも飽きないだろう。

フィデルマには幼少のみぎりより船乗りの素質があった。しじゅう小型のコラクル舟(1)に乗り、風の吹きすさぶ荒涼とした西海岸から船出しては離島へ旅したものだが、船酔いしたことは一度もなかった。ほんの数年前には、アルバ（現スコットランド）高地沖に浮かぶ〝聖者の島アイオナ〟経由でノーサンブリア王国のウィトビアでの教会会議《シノド》(2)にも出席したし、さらにローマへの旅路においてゴールへも往復した[3]が、いずれの船の長旅においても、途中どれほど船が激しく揺れようと、ちらとすら船酔いを感じたことはなかった。

振動。ふとそのことが頭に引っかかった。つまりそういうことだろうか？　フィデルマは子どもの時分から馬に乗っていた。乗馬で振動に慣らされていたから、陸地から足を離したことのない人々とは違い、船の揺れもまるで平気なのかもしれなかった。この船旅では海に関する知識や航海術、距離といったものをさらに深く学ぼう、と彼女はひそかに心待ちにしていた。じっさいの面を知らずに船旅を楽しむなど、まったくの的外れではなかろうか？つらつらと思い浮かんできた無駄な考えごとにひとり笑みを浮かべながら、木製の手すりに摑まって背伸びをし、遠ざかるアードモアの丘と、そこにそびえる修道院の、背の高い灰色の石造りの建物に目を凝らした。昨夜はあの場所で、修道院長の客人としてひと晩世話になった。

　聖デクラン修道院のことを考えたとき、ふと奇妙な寂しさに襲われた。

エイダルフ[4]！　原因はすぐに思い当たった。サクソン人修道士のブラザー・エイダルフは、カンタベリー大司教テオドーレの特使として、モアン国王である彼女の兄コルグーの、キャシェルの宮廷を訪れていた。もう一年近く前からエイダルフはいつも近くにいた。つい一週間ほど前までは。フィデルマがドーリィー、つまりアイルランド五王国の法廷弁護士として招請されたさい、さまざまな危機的状況に陥ったときも相棒として彼女を支えてくれた。なぜ今頃、突然彼のことを思いだして心が騒ぐのだろう？

　自分で決めたことだった。数週間前、フィデルマはエイダルフと離れて、この巡礼の旅に出ることを決意した。場所と環境を変えてじっくり考える必要があった。人生に不満を感じはじめてしまったからだ。また結局堂々巡りになるのを恐れて、人生の目的を考えるさいにはもう自分の感情など当てにしないつもりだった。

　だが〝サックスムンド・ハム⑤のエイダルフ〟は彼女にとって、同年代の男性の中で唯一の、心から気の安まる、自分をさらけ出せる相手だった。キャシェルを離れ、この巡礼の旅に出るという決意を彼に納得してもらえるまでにはずいぶん時間がかかった。エイダルフは長いこと難色を示し、異を唱えていた。そして結局、彼はいったんカンタベリーに戻りテオドーレ大司教のもとにふたたび身を寄せることとなった。テオドーレは新たに大司教に任命されたギリシア人司教で、ローマからの帰路にもエイダルフが秘書官として随行した人物だ。フィデルマは海岸線を視界にとらえながら、すでにエイダルフが懐かしくなっている自分に苛立った。あと数か月はこれが続くのだ。議論を交わしたくてしかたなくなるのが目に見えていた。異なる意見や人生観を闘わせながら、こちらからエイダルフをからかったり、彼のほうから気さくに挑発に乗ってきたり、ということも当分できない。ときおり議論がいい争いに発展することがあっても、それで険悪になることはけっしてなかった。それぞれの解釈を吟味し合い、思想をぶつけ合うことで、これまでもたがいに学んできたのだ。

エイダルフは兄のような存在だった。おそらく問題はそれなのだ。フィデルマは唇を固く結び、考えこんだ。彼はこれまでも常にそつなく接してくれた。自分は違う接しかたをしてほしいのだろうか、と今までにも幾度か湧きあがった思いがまたしても心をかすめた。確かに、修道士や修道女は共同生活もすれば結婚もするし、その大部分が男女共住修道院《コンホスピタエ》あるいはダブル・ハウスと呼ばれる修道院に暮らしながら、子どもを育てつつ神に仕えている。

私《わたくし》はそうしたいのだろうか？　彼女はまだ若く、女性としての欲求もそれなりに抱《いだ》いていた。エイダルフが、男として彼女に惹かれているというそぶりを見せてくれたことはただの一度もなかった。彼の思いをそちらに向けさせようと精一杯踏みこんでみたのは、旅の間に山の上で凍える一夜を過ごしたときのことだった。〝一枚の毛布もふたりで分かち合えば温かさは倍になる〟（結婚について用いられるいいまわし[6]）という古い諺《ことわざ》を知っているか、と訊ねてみたのだが、彼にはぴんと来なかったようだ。

それに、とフィデルマは思いを巡らせた。エイダルフが熱心に信奉しているローマ・カトリック教会は、今のところはまだ聖職者の結婚や共同生活を認めているが、明らかに独身主義へ移行しつつある。かたや彼女の信奉するアイルランド・カトリック教会は、多くのローマ・カトリック教会式の典礼様式や式次第、また復活祭《イースター》の日取りについても意見を異にしていた。フィデルマは素直な気持ちをいっさい禁じられることなく育てられた。エイダルフと議論になるのはたいていこの、彼女が育ってきた文化と、現在ローマ・カトリックにおいて支持されている文化との相違についてだった。だが今それらのことは頭をよぎりもせず、浮かんできたのは『アモス書』の一節だった。〝二人もし相会《あひくわい》せずば争《いか》で共に歩かんや〟（第三章三節）そう達観するのが正しいのかもしれず、エイダルフの件はいっさい頭から追い出すべきなのかもしれなかった。

恩師であるブレホンのモラン師がここにいらして相談に乗ってくだされればいいのに。あるいは遠縁の――あの丸顔の、朗《ほが》らかな性格をした、ダロウのラズローン修道院長のほうがいいかもしれない。そもそも、うら若き娘時代のフィデルマに、神に仕える人生を歩むよう勧めたのは彼だった。それにしても私はいったいここでなにをしているのだろう？　問題の解決方法が見つからないからといって逃げ出してきたのだろうか？　もしそうなら、たとえ地球の隅々まで旅をしたとて、この問題を抱えたまま違う場所へ行くだけのことだ。どこへたどり着こうと解決方法が待っているわけではない。

あらゆるしがらみを置いて人生を整理し直すためだ、と自分にいい聞かせてこの巡礼の旅に出た。エイダルフとのしがらみも、兄コルグーとのしがらみも、兄の統治する首都キャシエルにいる友人たちとのしがらみも。これまでの人生となんら関わりのないどこかへ、沈思黙考し問題の解決を図ることのできるどこかへ行きたかった。だがフィデルマは混乱していた。これ以上、修道女としての人生を送りたいのかどうかすらわからない！　そう思ってはっとした。この一年ほどの間、胸に押し殺してきたこの疑問を今こそ自分に向かって投げかけるときだった。

フィデルマが修道女として歩みはじめたのは単に、モアンの知識階級の大多数をなす、専門職に就くことを望む人々が、かつて先人たちが同じ理由でドゥルイドに名を連ねたように、こぞって聖職を選んでいたからだった。彼女が常に興味と情熱を注いできたのは信仰ではなく法律で、とりわけ、修道院にこもって他人との関わりをいっさい絶ち、崇高なる人生を送ろうなどという心づもりはなかった。そういえば法律書にばかり夢中になり、神への黙想が足りないとよく修道院長にたしなめられた。やはりもう、神に仕える者として生きるべきではないのかもしれない。

巡礼の旅に出たほんとうの理由はこれだったのだろうか――ブラザー・エイダルフとの関係についてじっくり考えるのではなく、神への向き合いかたについて整理するため？　フィデルマはふいに自分に腹が立ち、舷側の手すりにくるりと背を向けた。

巨大な革の帆が頭上高くそびえ、雲ひとつない青空に映えている。船員たちはまだあれこれと忙しく持ち場をこなしているが、先ほどの、守られた入江から外海《そとうみ》へ出ていこうというときの、あの目まぐるしいほどの慌ただしさはない。巡礼の旅の同行者たちはいまだに姿を見せていない。先ほどのふたりの若い修道士はまだ話に夢中だ。どこの誰で、なぜこの船旅に出たのだろう。彼女と同じような心の葛藤《かっとう》をひそかに抱えたりしているのだろうか？　フィデルマは悲しげな笑みを浮かべた。

「いいお日和《ひより》ですな、修道女様」この船の船長が、定位置である操舵手の傍らを離れ、挨拶にやってきた。フィデルマが乗船したとき、彼は船を針路に乗せるのに必死で、ろくにこちらを見ていなかった。

彼女は手すりにもたれてにこやかに頷いた。

「ほんとうにいいお日和ですこと」

「マラハッドだ、修道女様」男は名乗った。「乗船時にはちゃんと挨拶できず申しわけなかった」

カオジロガン号の船長は生業《なりわい》どおり、どこから見ても船乗りだった。小柄だが頑丈そうな身体つきに、半白の髪と日焼けした顔。年齢は四十代後半というところだろう。大きくて高い鼻のせいで、海の灰色をした瞳がことさら寄り目がちに見える。鋭いまなざしだが、瞳の奥には茶目っ気のある輝きが見え隠れしていた。引き締まった口もとをしている。彼は船乗り特有の、身体を揺らすような足取りで近づいてきた。

「〝海の脚《シー・レッグス》〟(7)はもう心得たかね?」彼は粗いかすれ声で訊ねた。社交的な会話を楽しむよりも、大声で号令をかけることを日常としている者の声だ。

フィデルマは自信たっぷりに笑みを浮かべた。

「私がそこそこの船乗りだということが、そのうちおわかりになるはずですわ、船長」

マラハッドは、信じられないとばかりにくくっと笑った。

「陸地とおさらばして揺れっぱなしの大海原に出たら、ぜひもう一度ご意見を伺いたいもんだ」彼は答えた。

「船旅でしたら経験があります」フィデルマは請け合った。

「ほんとかね？」愉快そうな口ぶりだ。

「もちろんです」彼女はいたって真面目に答えた。「アルバ沿岸へ渡ったこともありますし、ノーサンブリア沿岸からゴールへ旅したこともあります」

「はっ！」マラハッドは苦々しげな顔をしたが、瞳の奥にはあいかわらず悪戯《いたずら》な光が躍っていた。「手漕ぎの舟で池をぱちゃぱちゃ渡るようなもんだ。ほんとの船旅ってのはこれから行くような旅のことだ」

「ノーサンブリアからゴールまでよりも長くかかるのですか？」博識なフィデルマでも、海路での距離についてはこれまで特に学ぶ機会がなかった。

「まあ……運がよけりゃ、だが」とマラハッドは念を押した。「今週中に到着する可能性もある。天気と波のご機嫌しだいだ」

フィデルマは驚いた。

「陸地が見えないまま、そんなに長いこと旅をするのですか？」あえてそう訊いてみた。

マラハッドはにやりと笑い、かぶりを振った。

「残念だが、外れだ。何度か陸地にはお目にかかれる。できるだけ岸の近くを航行して、常に位置を把握しておかなければならんのでな。最初に陸地が見えるのは明日の朝だ。北西の風にうまく乗れれば、だが」

「するとどちらへ向かうのです？　ブリトン人の王国であるコーンウォールですか？」

マラハッドは、あらためて感心したように彼女を見た。

「お国の地理をよくご存じで、修道女様。だがコーンウォールには寄港しない。そこから数マイル離れた島々の西側を通る——シリー諸島という島々だ。(8)順風で海が凪《な》いでれば、そのまま寄らずに進む。それがうまくいけば、ゴール沖のウェサン島って島に寄港する。明朝あたりには到着したいところだ。ウェサン島を出航したら数日は陸は拝めない。南へ進み、週明けまでにはイベリア沿岸をめざす。神の思《おぼ》し召しだいだがな」

「イベリアへ、一週間で？」

マラハッドはフィデルマの問いに頷いた。

「神の思し召ししだいだ」彼は繰り返した。「それにこの優秀な船と」と、木製の手すりを掌《てのひら》で叩く。

フィデルマはぐるりと見まわした。この船に足をかけた瞬間から、彼女は、多大なる興味をもって隙あらばこの船を観察していた。

「ゴールの船ではありませんか？」

マラハッドは、彼女の博識に少なからず驚いたようだった。

「お目が鋭いな、修道女様」

「似た感じの船を以前見たことがあります。重厚な肋材《ろくざい》と索具[9]はモルビアン（フランス北西部ブルターニュ地方の県）の港独特のものです」

マラハッドはさらに舌を巻いた。

「お次は、誰がこの船を建造したのかいい当てちまうんじゃないのかね」と当てこする。

「さすがにそこまでは」彼女は律儀に答えた。「ですが、先ほども申しあげたとおり、似た感じの船を見たことがあったものですから」

「当たりだ」マラハッドはあっさりと認めた。「この船は二年前にケロスタン（モルビアン県キブロン半島の町の）で買い入れたものだ。航海士の……」と、舵取り櫂の傍らにいるふたりの男のうちのひとりを指し示す。気難しそうな顔つきの男だ。「あれがうちの航海士のガーヴァン、俺の右腕だ。ブルトン人で、カオジロガン号の建設にも携わった。ほかにコーンウォール人とガリシア人の船員もいる。イベリアまでの航路によく通じた連中だ」

「知識の豊富な船員がたがいてくれれば心強いですわね」フィデルマはしかつめらしく答えた。

「まあ、さっきもいったが、風に恵まれて、われらが守護聖人たる〝航海者〟聖ブレンダン[10]のお導きがあれば、それなりに快適な旅になるだろう」

聖ブレンダンの名を出され、フィデルマはふと、巡礼の旅の同行者たちのことを思いだした。

「同じ乗客のかたがたは、なぜ船旅のいちばんよいところを見ようとなさらないのかしら？」彼女は疑問を口にした。「陸を離れて広大な海原へ出ていく瞬間こそ、船旅のうちで最も胸躍る瞬間ですのに」

「旅人の立場からいわせてもらえば、見慣れた港を出るときより、見知らぬ港に入るときのほうが胸が躍るものだがな」マラハッドが答えた。そして肩をすくめた。「おそらくお仲間連中は、あんたや、あっちのふたりと違って船旅慣れしてないんだろうよ」と、あいかわらずなにやら話しこんでいるふたりの修道士をくいと顎で指し示す。「あのお若いのは、ここが船の上だとはまだ気づいてないんじゃないかね——あとの客はそうもいかないようだが」

それがどういう意味なのか、一瞬あってフィデルマにもようやくわかった。

「もう船酔いしてるかたがいるのですか？」

「うちの給仕係《キャビンボーイ》によれば、少なくともふたりは寝こんでる。今までも、たいして荒れちゃいないのにひどく具合が悪くなって、もう我慢できない、いっそ死なせてくれ、なんて祈りだす巡礼客も大勢いたな」彼は思いだし笑いをした。「船に片足をかけた瞬間から船酔いして、そのあと入港して海錨をおろすまでゲーゲーやりっぱなしの巡礼者殿もいたっけな。船旅に連れてきても差し支えないやつならいいが、そうでない連中はいっそ陸に残ってろと思うね」

「私の巡礼の仲間たちはどういったかたがたですの？」フィデルマは訊ねた。

マラハッドは唇をすぼめ、面喰らったようすで彼女を見た。

「知り合いじゃないのかね？」

「違います。あのかたたちとは一緒に来たわけではありません。ひとり旅ですので」

「てっきりあそこの修道院からいらしたもんだとばかり」とマラハッドは、すでに遠くなった海岸線の方角にある聖デクラン修道院に向かって片手をひらひらと振った。

「キャシェルから参りました――私は〝キャシェルのフィデルマ〟です。あちらの修道院に到着したのは昨夜遅くです」

「なるほど」マラハッドは先ほどのフィデルマの質問について、しばし考えこんでいた。

「旅のお仲間は、見たところごく普通の修道士と修道女の一団のようだ。とはいえ申しわけないが、修道女様、ひとりひとりの中身まではわからん」

フィデルマの印象もだいたい似たようなものだった。

「男性も女性も両方いるのですか？」

「ああ、それだったらはっきりしてる。あんたを含め、女が四人、男が六人だ」

「全部で十人？」意外だった。「妙ですわね、通常、巡礼団は十二人か十三人で旅をするのが好まれるのでは？」

「経験上はそのとおりだ。今回の旅も本来は修道女様が六人、修道士様が六人と聞いていた。ところが、修道女様のひとりがアードモアにすらたどり着けなかったとかで、さらにもうひとりが今朝、波止場に姿をあらわさなかった。ぎりぎりまで待ったが、こちとら風や潮目を操れるわけでもない。出航せざるを得なかった。おおかた、行方をくらませた修道女様は、やはりこの船旅はやめておこうとでも思ったんだろう。むしろ、女がたったひとりで巡礼の旅に出ようなんていうほうが、よほど興味をそそられるがね」探るようないいかただった。

フィデルマはわずかに肩をすくめた。

「私はイベリア行きの船を探すつもりで、昨夜聖デクラン修道院に到着したばかりでした。すると修道院長殿から、こちらの船が今朝出航予定で、しかも確か空きがあったはずだ、と教えていただいたのです。乗船の手配を伝令にお願いする間、院長殿のもてなしを受けていました。ですから修道院では旅のお仲間といっさい顔を合わせておりませんし、どなたのことも存じあげないのです」

マラハッドは大きな鼻の脇を人差し指でこすりながら、彼女をじっと見つめて考えこんだ。

「確かにゆうべカラの旅籠《はたご》にいたら、修道院長様の伝令がやって来て、乗船の手配をしてった」と眉をひそめる。「あんた、どうやらただの修道女様じゃなさそうだな。修道院長様が直々に伝令を送ってあんたの乗船の手配をし、しかもその間もてなしを受けてただと？　やんごとなきおかたには見えないが」

彼は遠まわしに疑問を投げかけてきた。

「そうかもしれませんわね」できればこの話題は出ないでほしかった、と思いつつ、フィデルマは答えた。

マラハッドがまじまじと見つめてきた。

「そんな特権がめったに認められるわけはない」彼はふいに黙りこみ、やがて合点がいった、とばかりに、きらめく鋭い目をみはった。「〝キャシェルのフィデルマ〟？　そういうことか、なるほど！」

どうやら知られているらしい、としかたなくフィデルマはため息をついた。とはいえ、船という狭い空間にいれば、どのみちいずれわかってしまっただろう。

「私の素姓は内緒にしておいてください、マラハッド」彼女は頼んだ。「私の身分など、旅のお仲間にとってはなんの関係もないことですから」

マラハッドはふうっと長いため息をついた。

「キャシェル王の妹ぎみが俺の船でご旅行だと？　光栄ですな、姫様、ようやく合点がいった」

フィデルマは咎《とが》めるようにかぶりを振った。

「せめて修道女様、と」厳しい口調で正す。「私は巡礼の旅をしている一介の修道女にすぎません」

「いいでしょう、仰せのとおりに。しかしまた、修道女様がじつは姫ぎみで、しかも弁護士様でもいらっしゃるとは、まずお目にかかれない組み合わせですな。王国を幾度も救ったという話はかねがね……」

フィデルマはわずかに顎をくいとあげた。[11]瞳に剣呑《けんのん》な光を宿らせ、ぴしゃりと返す。「ブレンダンも王族でしたし、コルムキルもイー・ネール王家[12]の血筋を引いていましたでしょう？　王家の者が聖職に就くことは別に珍しくないのでは？　ともかく、この件は私たちだけの秘密にして、ほかの巡礼客のかたがたにはくれぐれも黙っていてください」

「船旅の間、世話係をする小僧には話しておかんと」

「できればいわないでください。ところで船長、同行者のかたがたについて教えてくださるのではなかったのですか」ばつの悪い話がこれ以上続いてはたまらないので、フィデルマは矛先を変えた。

「たいして知ってるわけじゃないがね」マラハッドは白状した。「ゆうべは修道院に泊まったんだそうだが、全員があの修道院の出というわけじゃないらしい。訛りや聞きかじった話からすると、ほとんどは北——ウラー王国の連中のようだ」

フィデルマは内心驚いた。

「ウラーからの巡礼団が、北にある港から直接発《た》つのではなく、わざわざアードモアまで旅をして船を見つけようだなんて、ずいぶんと遠回りではありませんこと？」

「そうともいえるな」マラハッドはどうでもいいようすだった。「この船の主《あるじ》としては、目的がなんだろうと代金《カネ》さえきちっと払ってくれりゃあ、喜んで乗せるがね。時間ならたっぷりあるからこの機会に連中と知り合いになって、旅に出た理由なり、ゆっくりお訊きになればいいんじゃないかね、姫様」

彼はふいに振り仰ぎ、陽光に手をかざしながら、メインマストにはためく旗を見つめた。

「失礼、姫様。風向きが変わってきたんで、船を下手《したて》回し(13)に——舳先《へさき》の向きを変えるってことですが——せにゃならんのでね」あいかわらず〝修道女様〟ではなく〝姫様〟と呼ぶ彼を咎めようとしたそのとき、さらに彼が続けた。「まだ甲板にいるおつもりなら、風下に移ったほうがいい」フィデルマが怪訝《けげん》な顔をしているのを見て、マラハッドは、船首の向きが変わった場合に風下になるであろう方角を指さした。いつしか風向きが変わり、船はみるみる岬から遠ざかって大海原へ吸いこまれていく。

「それでは私も失礼して、下の客室へ行くことにしますわ、船長」彼女は答えた。

マラハッドがいきなりくるりと後ろを向いて怒鳴り声をあげたので、フィデルマは思わず縮みあがった。

「ウェンブリット！　ウェンブリットを呼べ！」そしてちらりと彼女を振り向いた。「では失礼。〝ダネッジ〟を小僧に運ばせて船室まで案内させますんで、姫様……」

〝ダネッジ〟の意味をフィデルマが訊ねる間もなく、彼は踵《きびす》を返し、舵取り櫂の傍らにいる男たちのもとへ急ぎ足で去っていくと、大声で怒鳴りはじめた。「揚げ索《ハリヤード》を握れ、下手回し用意」

船が上下左右に激しく揺れ、甲板にいたフィデルマは必死にバランスを取ったが、立っているのがやっとだった。

「難儀してるね、修道女様？」

十三、四歳の、腕白そうな少年の顔が目の前にあった。船員たちが舳先の向きを変えようとして船体が縦横に揺れる中、足を大きく開いて腰に両手を当て、軽々とバランスを取って立っている。髪は明るい赤銅色、肌は色白でそばかすだらけ、海の緑色をした瞳には悪戯っぽい光が躍っている。満面に笑みを浮かべ、ずいぶん威勢のいいようすだ。流暢《りゅうちょう》なアイルランド語だったが、耳慣れない訛りがあり、生まれがアイルランドではないのがわかった。ブリトン人だ。

「それほどでもありません」フィデルマはいい切ったものの、手は近くの手すりを握りしめたままだった。

その返事を聞いて、少年は信じがたいとばかりに顔をしかめた。

「へえ。そうしてられるだけでも、下にいる連中よりはいくらかましかな。どいつもこいつもひどい船酔いでさ」彼は不愉快そうに鼻を歪めた。「甲板下《した》の掃除を誰がすると思ってんだか？」

「ウェンブリット、でいいのかしら?」フィデルマは微笑んだ。船の急激な揺れにもかかわらず、悪心は感じなかった。要はバランスの問題なのだ。

「そうだよ」少年は答えた。「下に行く?」

「ええ、客室を見せてもらえますか」

「じゃあついてきて、修道女様、ちゃんとどっかに摑まってなよ」いいながら、彼はフィデルマの鞄を持ちあげた。「海が荒れてると、上より甲板下のほうが危ないこともあるんだ。おいらが船長なら、船ってもんをじゅうぶん味わってもらうまでは、お客を甲板下になんか行かせないけどね。上下甲板の間の暗がりに引っこむのは〝海の脚〟を覚えてからにしろってことさ」

少年は鼻先で笑い、危なげのない足取りで、船尾甲板から主甲板へ、木製の急な踏み段をおりていった。ちらりとこちらを振り向いたとき、その首に白い傷痕があるのにフィデルマは気づいた——皮膚が擦《す》れたような傷痕だ。ふと好奇心が頭をもたげたが、傷の理由を訊ねるには、今はふさわしくなかった。少年は踏み段のいちばん下から、彼女のおりる足取りを値踏みするように見ていた。フィデルマが難なく踏み段をおりきると、少年はしぶしぶ頷いてみせた。

「お仲間がこの踏み段ですっ転んでさ、まだ海錨もあげてないってのに」と愉しげにいう。「まったく陸者《おかもの》(14)ってやつは!」

訊ねた。

「怪我を？」心配のかけらもなさそうな少年の口ぶりにぎょっとして、フィデルマは思わず
「傷ついたのは自尊心くらいだろ。ま、そういうことさ」さらりとした答えが返ってきた。

「こっちだよ、修道女様」

少年は戸口をくぐり――戸口、を船乗りの正しい用語ではなんといったのだったか――煤けた狭い階段をおりていって、客用船室部分へ入っていった。そうだ、〝甲板昇降口《コンパニオンウェイ》〟だ。通路の天井から鎖でぶらさがった、たったひとつの風防つきランタンがゆらゆらと揺れ、暗闇をぼうっと照らしている。

「この奥さ、別の修道女様と同室だよ」少年が指さした。「乗客にはみんなこの並びの客室を使ってもらってる。おいらは甲板《メスデッキ》にいなけりゃ向こうの大部屋で寝てる」と前方を手で示す。「調理場と食事はそっちの食堂室。なんか用があれば、たいていおいらがそこらへんにいるからさ」彼は誇らしげに胸を張った。「船長は……そのう、乗客の相手はおいらにしてほしいと思ってるんだ、だからもしものときには、おいらから船長に伝えるからさ。船長は、乗客と関わるのはあんまり好きじゃないんだ、つまり……」と、なにかしらの反応を見るようにふといいよどむ。

「わかりました、ウェンブリット」フィデルマは真面目に受け止めた。「なにかあったら、真っ先にあなたに相談します」

「食事は正午だよ。船長も同席して、乗客全員にこの船の決まりごとを説明することになってる。船長が乗客と食事をとることは、普段はめったにないんだけどね。この船のことをひとり残らずちゃんと知っといてもらわないと困るから、航海の初日だけは特別にそうすることになってるんだ。当然だけど、船旅の間はあったかい食事なんて期待されても困るよ。それで思いだした、甲板下で蠟燭《ろうそく》に火を灯すときは、絶対に置きっぱなしにだけはしないように。船なんて火口箱《ほくちばこ》みたいに燃えあがっちまうからさ」

少年が老練な船乗りきどりで自信満々に語るようすに、フィデルマはこみあげてくる笑いを必死にこらえた。

「食事は正午でしたね？」

「食事の時間になったら、乗客に知らせる鐘をおいらが鳴らすよ」

「わかりました」フィデルマは、少年にいわれた客用船室のドアに向き直りかけた。

「ああそうだ、あともうひとつ……」

フィデルマは問いかけるようなまなざしで彼を振り向いた。

「大事なことなんだけど、こっちの客室があるのは船尾、つまり艫側で、ここの真上の甲板には船長室とそのほかの客室がある。あっちが船首だ。舳先ともいうね。で、こっちの艫側に便所がひとつ、あのドアの向こうがそうだよ。便所は舳先側にもひとつある。切羽詰まったら、そのへんにいる誰かに訊きゃ教えてくれるよ。なにかまずい事態になって、船を棄てなきゃならないなんてことになったら、小型の船が二艘、甲板に横向きに縛りつけてある――船の真ん中あたりさ。万が一のときはとにかくそこをめざすんだ。大丈夫、どうすればいいかはそのときになれば船員がちゃんと教えるから」

少年はふいと背を向け、急ぎ足で甲板へ戻っていった。

フィデルマは佇んだまま、おもざしに笑みがひろがるにまかせた。ウェンブリット少年は、〝陸者〟という口ぶりからしても、明らかに乗客のことを上に見てはいないようだ。彼女は、教えられた客用船室のドアにふたたび向き直った。そのとき背後で通路の反対側のドアが開いた。はっと息を呑む音がして、男の柔らかい声がした。「フィデルマじゃないか！　いったいなぜこんなところに？」

遠い記憶の彼方にあるその声の主を思いだそうとしながら、フィデルマは勢いよく振り返った。ようやく忘れられたと思っていたのに。

ちらちらと揺らぐランタンの光の中に、長身の男が立っていた。

フィデルマは思わず一歩あとずさり、木の壁に片手を伸ばして身体を支えようとした。カオジロガン号に乗船して初めて、眩暈《めまい》を感じた。だがそれは海のうねりのせいではなく、感情がぐらりと揺らいだからであった。

第三章

「キアン！」
おぼろげな過去からあらわれた生霊さながらに、かつての初めての恋人が目の前に立っていた。うら若きフィデルマに女性としての悦びを目覚めさせたあげく、ほかの女に走って彼女をこっぴどく捨てた男。

一瞬息もできず、記憶がみるみるよみがえってきた。初めての出逢いもまるで昨日のことのようにはっきりと思いだせる。だが十年も前のことだ、十年も昔の……。

三年に一度催される〈タラの大祭典《フェシュ・タウラッハ》〉に参加できるよう、老ブレホンのモラン師が休暇を与えてくれた。とはいえ、学業が休みになろうがなるまいがどのみち行くことにはなっただろう。〈タラの大祭典〉といえば年間でもとりわけ重要な行事だったからだ。これは十四世紀ほど昔に大王《ハイ・キング》オラヴ・フォーラによって興《おこ》された祭典であり、正式な目的はアイルランド五王国の法律を再検討することであった。大王と地方の王たちも出席し、あらゆる有識者たちの代表である選りすぐりの学者たちが五王国より顔を揃えていた。

かつてモアン王国の〝ロルハの聖ルアダン〟が災禍を予言したため、代々の王たちが居城としてのタラから去ってゆうに百年が経過したが、祭典そのものが忘れ去られることはなく、かならず三年ごとに開催されてきた。祭典の続く七日間は勉学に集中できるはずがなかった。祭典は**サウィン祭**（十一月一日）の三日前に開始し、当日を挟んで三日後に終了することとなっていた。

博学な教授陣や法律家、王らとその相談役たちが国政や法の施行について議論を交わし、必要に応じてどのような新法を適用するべきかを話し合っている間、祭りを見に来た庶民ならびにここぞとお出ましの富裕層の人々のために、さまざまな娯楽や競技会や宴《うたげ》といったものが催されていた。五王国ばかりか、世界の端々からも商人たちが押し寄せてきた――大道芸人も、歌い手も、奇術師も、道化も、軽業師もだ。このときばかりは誰もが肩の力を抜き、多少陽気にはしゃいでも許されることになっていた。この祭りの間は神に休戦を捧げ、喧嘩や暴力や窃盗《せっとう》などによって祭典そのものの平和を蹂躙《じゅうりん》したのでもないかぎり逮捕や起訴は免《まぬが》れる、と、この祭典についての古い法律にもあるからだ。

十八になったばかりのフィデルマにとって、〈タラの大祭典〉のような大規模な祭りに行くのは生まれて初めての経験だった。モラン師の法律学問所の勉学仲間たちと連れ立って、浮かれた人々の波をかき分けながら進み、珍しい土地のさまざまな食べものや飲みものや品物を売っている露店をひとつひとつ覗きこんだ。ほんものの道化や曲芸師の一団に思わず足を止め、息を呑んでじっと見入ることもあった。どこからか拙《つたな》い演奏や歌が聞こえてくるが、それも耳障りには感じない。

フィデルマと友人たちは奇術師の前で足を止めた。両手に持った九本の鋭い剣を次々と空中に投げあげ、一本も落とさず、かすり傷ひとつなく、ぱっと受け止めてはまた素早く投げあげる。剣が風を切る音がまるで蜂の羽音のようだ。

わあっと歓声があがり、フィデルマたちは草地を囲む人垣に寄っていった。〝イマーン〔ハーリング〕〟の試合の真っ最中だった。選手らは木製の〝カモーン〟を握っている。一メートルほどの秦皮《とねりこ》の枝を、下端に向かって丹念にカーブを出しながら平らに削り出した棒で、これで羊毛を詰めた革製のボールを打つのだ。競技名は〝急きたてる〟〝駆りたてる〟といった言葉からきており、また棒のほうは、カーブを描いた曲がった形から、〝湾曲した〟を意味する〝カム〟が名前の由来となっていた。

どちらかのチームがまさにゴールを決めたところで、若い学生たちが人混みを押し分けて最前列まで来たとき、競技場の中央へボールが投げこまれて試合が再開された。長方形の平らな草地の両端に陣取ったふたつのチームがボールめがけて一目散に駆けだし、敵をかき分けて、二本の柱でできた狭いゴールへ懸命にボールを運ぼうとしていた。

フィデルマたちは次の得点を見届けると、そぞろ歩きを続けた。楽しい気ままな一日だったが、指導教官であるブレホンのモラン師が、自分の学生たちには祭りに浮かれるだけでなく、法律に関する数々の討論を見聞きし、専門分野の知識をひろげてほしいと望んでいることは彼女も察していた。そこで学友たちにもそのことを思いだしてもらうため声をかけようとしながらも、いつの間にか人波に押されていった先では、目の前でまさに競馬が始まろうとしていた。

一瞬でキアンに目を奪われた。

フィデルマよりせいぜい一、二歳上というところだろう。目を惹く若者だった。長身で、ほぼ赤に近い栗色の髪をしている。人好きのする顔立ちに筋肉質の身体、まとっているものからするとそれなりの身分なのだろう。騎手なので、多色染めの麻のズボンにシャツという軽装の上に、ビーバーの毛皮で縁飾りをした毛織の短いマントを羽織っている。彼が跨がっている見事な馬体の堂々たる牡馬は、騎手と似た栗色の毛並みをしていたが、額には白い斑《まだら》模様があった。

並んでいるほかの騎手たちにはまるで目がいかなかった。若さと生命力にあふれたキアンの姿になぜか心を奪われ、フィデルマは彼を見つめたまま立ちすくんでいた。なにかを感じたのか、ふと彼が視線をさげてフィデルマの瞳をとらえた。ほんの一、二秒だけ視線が絡み合い、彼がにこりと笑った。優しげで、大らかな微笑みだった。

発走係が合図の声をあげ、旗があがった。頭上で旗がほんの一瞬はためき、すぐに振りおろされた。馬たちが轟《とどろ》きをあげながら駆けていき、群衆から凄まじい歓声があがった。

「あの人、格好いいわね！」親友のグリアンがささやいてきた。グリアンはブレホンのモラン師の学問所で最も気の置けない、ほんのすこし歳上の友人だった。頭はよいが少々軽い性格で、もし選択を迫られた場合、真面目に勉強することよりもきまって楽しいことを優先する質《たち》だった。

フィデルマは思わず頰を赤らめた。

「どの人のこと？」なにげないふうを装う。

「ついさっき、あなたと微笑み合ってたあの若い男の人よ」グリアンがからかった。

「なんのことだかさっぱり」フィデルマはさらに顔を赤くし、いい返した。

グリアンは、騎手のひとりを大声で応援している小柄な中年男に声をかけた。

「あちらの騎手のかたがたをご存じですの？」と訊ねる。

男は声援をやめ、驚いた顔で彼女を見あげた。

「それを知らないでどうやって賭けろってんだね？」男がいい返した。「こちとら、騎手名も馬名も馬の品種もここに乗りこむ前にばっちり頭に入れてきてんだ」

グリアンは目を輝かせ、笑みを浮かべた。「ではあの栗毛の、額に白い斑模様のある馬の名前を教えていただけません？　それと騎手はなんてかた？」

「赤いマントのあいつかい？」

「そうそう、あのかた」

「お安いご用だ。あの栗毛はディスっていって……」

フィデルマは眉をひそめて会話に割りこんだ。「ディス？　でもそれでは〝ひ弱〟とか〝貧弱〟という意味ではありません？」

男はわけ知り顔で、小鼻を指で叩いた。「つまりあの馬が〝ひ弱〟でも〝貧弱〟でもねえってことさ」

男のいう理屈がフィデルマにはよくわからなかった。

「それで乗ってるかたは？」話が横道にそれては困るとばかりに、急いでグリアンが訊ねた。

「乗ってんのはあの馬の持ち主だ」中年男が答えた。「キアンさ」

「見た目からすると、族長の息子って感じかしら」グリアンが水を向けた。

男がかぶりを振った。「いいや違う。武人だ。大王の警護団にお仕えしてる」

してやったり、という表情でグリアンがフィデルマを振り向いた。

歓声がしだいに大きくなり、蹄《ひづめ》の轟きが迫ってきた。環状のコースをほぼ走り終え、騎手たちが決勝標《ウイニングポスト》に近づいてくる。

レースのなりゆきを見ようとフィデルマは身を乗り出した。

栗毛の巨馬は、先頭を走る葦毛の牝馬のすぐ後ろにつけていた。白馬の騎手は馬の首にしがみついている。キアンとその馬ディスがしだいに距離を詰め、さらに歓声が大きくなったが、葦毛の牝馬とその乗り手には追いつけなかった。

勝者を称えようと人々が詰めかける中、フィデルマの足もいつの間にか前へ進んでいた。グリアンが彼女の腕を取り、ごった返す人波にもめげずフィデルマの身体を前に前に押しているのだ。ところがグリアンが押す先にいるのは勝者ではなく、牡馬をおりようとしているキアンだった。

「なにしてるの？」フィデルマは抗い、声をあげた。

「だってお知り合いになりたいんでしょ？」親友は自信たっぷりに答えた。

「私《わたくし》は、別に……」だが異を唱える間もなく、いつの間にか彼女は、僅差で負けてしまったハンサムな若い騎手をねぎらうちいさな人だかりの真ん中まで来ていた。

キアンは気さくな笑顔で人々の賞賛を受け入れていた。フィデルマとその友人の姿に気づくと、彼は満面に笑みをたたえてふたりのほうを見た。フィデルマは頰を朱に染めて目を伏せた。腹が立った。こんな恥ずかしい状況にまんまと引っ張りこまれるなんて。

手綱を腕にかけたキアンが近づいてきた。

「レースはお楽しみいただけましたか、お嬢さんがた？」訊ねられ、なんてよく響く魅力的なテノールの声だろう、とフィデルマは思った。

「素晴らしいレースでしたわ！」雰囲気を読んで、グリアンが口を開いた。「でもここにいる私の友人ったら、あなたの馬がなぜディスと呼ばれているのか気になってしかたがなかったんですって。それで、どうしてもあなたのところへ訊きに行きたいっていうものですから」と、面白がってわざとつけ加える。

彼は気分を損なうこともなく、笑い声をあげた。「〝ひ弱〟なんて名前だが、じつに逞《たくま》しくて、弱いところなどかけらもない馬なんだ。話すと長いので、お嬢さんがた、俺はこいつの手入れをして湯浴みを済ませてくるから、よければそのあとご一緒に一杯どうです？」

「ありがたいお申し出ですけれど――」フィデルマが断ろうと口を開きかけたとたん、親友がぐいと腕を引っ張った。

「喜んで」間髪を容れず、グリアンが見ていて恥ずかしくなるような笑顔を浮かべて答えた。

「ではぜひ」キアンが答えた。「十五分後にあそこのテントで落ち合おう。黄色の絹地の旗が立っているところだ」

彼はふたりに背を向け、馬を牽《ひ》いて去っていった。通り過ぎる彼の背中に向かって人々が拍手を送った。とても人気があるようだ。

フィデルマはくるりと親友に向き直り、怒り顔で睨みつけた。

「どういうつもり？」と腹立たしげにいう。

グリアンはじつに冷静だった。

「だってわかるもの。あの人と知り合いたかったんでしょ！　違うっていっても無駄よ。腹を立てるより、私みたいな友達に恵まれてよかったって思ったほうがいいわよ」

心の奥底ではわかっていた。グリアンのいうとおりだ。あのハンサムな武人と近づきになりたい、と本音では思っていた……。

出逢ったときの思い出が瞬時に駆け抜けていった。一瞬のことだったが、それは鮮やかによみがえってきた。

そしてフィデルマは今、カオジロガン号の甲板下の暗い通路で、揺れるランタンの光に照らされた長身の男を見つめていた。せめぎ合う感情に呑みこまれそうだった。相手が修道士の法衣をまとっていることにも気づいていなかった。彼は客用船室の入口に立ち、片手で戸枠に摑まって身体を支えており、ランタンの明かりが揺らめく影を落として、整った顔立ちの陰影をさらに際立たせていた。

すこし歳を重ねて壮年にはなったが、顔はまったくといってよいほど変わっていなかった。むしろ歳月によって、人好きのする端整な顔立ちに深みが出て——フィデルマとしては認めたくなかったが——ますます魅力が増していた。

「フィデルマ！」声が熱を帯びた。「ほんとにきみなのか？　まさか！」

輝くばかりの笑顔で応えてしまうのは簡単だろう。ふとそうしたい衝動にかられたものの、なんとか無表情を保った。感情を抑えることができてフィデルマは安堵した。

「驚きましたわ、こんなところでお目にかかるなんて、キアン」硬い声で答え、さらにいい添えた。「巡礼船でいったいなにをしていらっしゃるの？」

その質問を口にしながら、彼が手織りの鳶《とび》色の毛織物を身にまとい、革紐に通した十字架を首からさげていることに、フィデルマはふいに気づいた。

硬い、冷ややかな声音を聞き取ったキアンはまばたきを繰り返すと数歩あとずさり、苦笑いを浮かべた。苦しげな表情がおもざしに浮かび、端整な顔立ちが歪んだ。

「巡礼者だから、巡礼船に乗っている」

フィデルマは皮肉をこめた視線で彼をまじまじと見つめた。「大王の警護団団員であり、フィアナ騎士団[1]の武人たるあなたが巡礼の旅？　にわかには信じがたいのですけれど」

彼がなんともいえない表情を浮かべているのが、揺らめく光のせいなのかそうでないのか、フィデルマには測りかねた。

「もう武人ではないのでね」

突然の再会につい敵意を剝き出しにしてしまったフィデルマだったが、さすがにこれには戸惑った。

「大王の警護団を辞して、聖職者の世界に足を踏み入れたとおっしゃるの？　とても信じられませんわ。宗教がお気に召さないごようすでしたのに」

「そうやって俺の一生を予言するつもりか？　俺は意見を変えることすら許されないのか？」

彼の声がふいに刺々《とげとげ》しくなった。だがフィデルマはうろたえなかった。彼の短気なところなら、若い時分にいやというほど見ていたからだ。

「あいかわらずですのね、キアン。それが身に沁みるまで私もさんざんつらい思いをしましたわ――あなたは憶えてもいらっしゃらないかしら？　私は忘れていませんけれど。忘れられるものですか」

彼女がくるりと背を向け、ウェンブリットに教えられた客用船室に入ろうとしたとき、キアンが戸枠に摑まっていた手を外して、こちらに伸ばそうとした。だが船がぐらりと揺らぎ、彼はよろけた。その手でとっさにもう一度身体を支える。

「ちゃんと話そう、フィデルマ」彼は喰いさがった。「俺たちの間にはもう憎しみなんていらないはずだ」

妙に必死な声に、フィデルマはふと後ろ髪を引かれた。だがためらったのはほんの一瞬だった。

「お話しする時間ならいくらでもありますわ、キアン。長い船旅になりそうですもの……こうなっては、長すぎるという気もしますけれど」と辛辣《しんらつ》な口調でいい添える。

返事の間も与えず、フィデルマは客用船室に入り、すぐさま背中でドアを閉めた。そのままドアに寄りかかり、深呼吸をして、冷や汗をかいている自分に呆れた。キアンに捨てられたあと、何か月もかかってようやく鎮めた感情の波が、たかが数年ぶりに再会したことで、こんなにまざまざとよみがえるとは思ってもみなかった。

〈タラの大祭典〉で出逢って以来、キアンに夢中だったことは否定しない。それどころか、今だからこそ白状するが、本気で彼に恋をしていた。傲慢で自惚《うぬぼ》れの強い、みずからの武勇を鼻にかけるような男だったが、フィデルマは生まれて初めての恋愛に夢中になった。彼女の嫌いな要素ばかりを寄せ集めたような男だったのに、なぜか気が合った。性格も正反対だったが、むしろそのせいか、あたかも磁石が引き合うように、まったく違う相手どうし、たがいに惹かれ合った。いずれ目も当てられぬことになるのは必定だった。

キアンは女性を口説き落とすまでを楽しむ質の若者で、いっぽうフィデルマはロマンティックな恋に浸りたい質の娘だった。数週間もしないうちに、フィデルマの内側で感情のせめぎ合いが始まり、彼女の人生は大混乱に陥ってしまった。グリアンですら、キアンの気持ちはうわべだけにすぎないと気づいていた。フィデルマは若くて美しく、なにより賢い女性だった——キアンはそんな女性をものにしたことを自慢したいだけだったのだ。一度手に入れてしまえばたちまち興味を失った。だがフィデルマほどの聡明な娘にもかかわらず、まさか彼がそんな下心を抱《いだ》いているなどとはけっして信じようとしなかった。そのせいでグリアンと口論になることも数知れずあった。

突然、胸が張り裂けんばかりの呻き声が客用船室の奥の暗がりからあがり、フィデルマはびくりと身をこわばらせた。あっという間に現実に引き戻され、胸を掻きむしる思い出もいっとき忘れた。一瞬、自分が今どこにいるのか思いだせなかった。ウェンブリットに教わった客用船室に足を踏み入れたところだった。部屋に入ったところで暗闇に佇《たたず》んでいたのだ。

誰かが激痛に悶《もだ》えているような呻き声だった。

「大丈夫ですか？」フィデルマはささやきながら、声のする方向を確かめようとした。

一瞬の沈黙があり、やがて機嫌の悪そうな声がした。「死にそうよ！」

フィデルマは素早くあたりを見まわした。室内は真っ暗だ。

「明かりはないのですか？」

「死にゆく人間に明かりがいると思うの？」相手が突っかかってきた。「それよりあなた誰？　ここはわたしの部屋よ」

フィデルマはドアをもう一度開けて、通路の明かりが室内に入るようにした。ドアのすぐ内側に使いさしの蠟燭《ろうそく》があったので、それを持って客室の外の、ちらちらと灯っているランタンのそばへ行った。キアンの姿はもうなかったので助かった。フィデルマはランタンから蠟燭に火を移し、客用船室へ戻った。

女がひとり、狭い客用船室の中にある二段寝台の下側に横たわっていた。衣服は乱れ、顔は死人のごとく真っ青だが、それでもかなりの美人であることはわかった。若い女で、おそらく二十代前半と思われた。寝棚の傍らにはバケツが置いてある。

「船酔いですか？」訊くまでもないとはじゅうぶん承知していたが、優しく声をかけた。

「死にそうよ」女はいい募った。「ひとりで死なせて。こんなにつらいなんて知らなかったわ」

フィデルマは素早く室内を見わたした。娘の荷物がもう一台の寝棚を占領している。

「そういうわけにもいかないのです、修道女殿。この船旅の間、私もあなたとこの客室で過ごすことになっているのですもの。私は〝キャシェルのフィデルマ〟です」彼女は朗《ほが》らかにいい添えた。

「勘違いしてるんじゃないの。あなた、わたしたちの巡礼団の一員じゃないでしょ。わたしがひとりずつ部屋を割り当てて——」

「船長が私に、ここの客室を使うように、と」フィデルマは急いで口を挟んだ。「さあ、私でなにかお役に立てないかしら」

一瞬の間があった。蒼白い顔をした若い修道女が、絞り出すような罵《のの》り声をあげた。

「だったらその明かりを消して。光がちらついて気持ちが悪いの。消したらここから出てってちょうだい。船長には、暗闇の中ひとりきりで死んでいきたいのでほうっておいてください、って伝えて。とにかく出てって、これは命令よ！」

フィデルマは胸の内でやるかたない声をあげた。この修道女はなにがあろうとこの部屋に閉じこもったまま、訪れもしない死を恐れて苦しげな呻き声をあげつづけていたいらしい。

「この狭い場所にいるより、甲板にあがったほうがきっと気分がよくなりますよ」と勧めてみた。「ところでお名前は？」

「ムィラゲル」返事というより呻き声だった。「モヴィルのシスター・ムィラゲル」

一世紀前に聖フィニアン[2]によってウラーのロッホ・クーアン（現ストラングフォード湖）の湖岸に建立された修道院の名には、フィデルマも聞きおぼえがあった。

「ではシスター・ムィラゲル、私でお役に立てることがあるかどうか、お加減を診せてください」フィデルマはきっぱりといった。

「いいから静かに死なせてちょうだい」相手は情けない声をあげた。「別の客室をお探しになって楽しくおやりになったら？」

「新鮮な海の空気を吸ったほうがいいですよ」フィデルマは諭した。「暗くて風通しの悪いこの部屋にいては、具合が悪くなるいっぽうです」

寝棚の上の娘は凄まじい嘔吐《おうと》に襲われ、返事もしなかった。

「水平線に視線を凝らしていると、船酔いが治まると聞いたことがあります」フィデルマは勧めてみた。

シスター・ムィラゲルはかすかに頭を持ちあげた。

「いいからほっといて、お願い」ふたたび呻き声でいうと、刺々しくいい添えた。「お節介ならほかのお相手にどうぞ」

第四章

フィデルマは敗北を認めざるを得なかった。あんな状態の若い女性とまともな会話をしようとしても無理だ。使わせてもらえる客用船室がほかにないだろうか。どこであろうと、妄想じみた恐怖に怯える相手とふたりきりで閉じこめられるよりはましなはずだ。体調が悪いのは確かに気の毒だが、自力でどうにかできることをしようとしない人間には同情の余地はない。とりあえず給仕係《キャビンボーイ》のウェンブリットに事態を説明することにした。

客用船室を出ると、ウェンブリットがちょうど階段をおりてくるところだった。にこりと微笑んで挨拶する彼の態度が先ほどとはすこし違うことにフィデルマは気づいた。どこかよそよそしくて……先ほどの勢いはどこへやらだ。

「失礼します、姫様」彼の態度が一変した理由にはすぐさま見当がついたが、彼女の出自を明かしてしまったマラハッドへの苛立ちは懸命に顔に出すまいとした。「間違えました」少年はうやうやしくいった。「ウラーからの巡礼団とは別にいらしたかたなので、ほかの客室にご案内します」

それが嘘であることはすぐにわかった。彼女の身分を知ったマラハッドがあとからそう決めたのだ。特別扱いなどごめんだった。だが、具合の悪いシスター・ムィラゲルとあの重苦しい空気を思い返すと、個室はたいそう魅力的に感じられた。偶然にも、探そうとしていたものがちょうどよく目の前に差し出された格好だった。

「同室の修道女殿が、かなり具合が悪そうなのです」フィデルマは認めざるを得なかった。

「彼女とは別の客室を使わせていただけるのなら、おたがいにそのほうがよさそうです」

ウェンブリットがにやりとした。

「船酔いですか？　お偉いかたほど、ひどい船酔いの餌食になりやすいみたいですね。あの修道女様、乗船のときは元気そうだったのに。まさか寝こんじまうなんて」

「明かりもない、換気もしていない狭い場所に閉じこもって寝ていても具合はよくなりませんよ、といってはみたのですが」フィデルマはわけを話した。「私《わたくし》のいうことになど耳を貸してくれませんでした」

「おいらにもそうでしたよ、姫様。だけど具合が悪いと、人って性格が変わるもんですしね」まるで長年の経験から出た言葉のように、ウェンブリットがうそぶいてみせた。そしてにっと笑った。「ここで待っててください、姫様の〝ダネッジ〟取ってきますんで」

「私の、なんですって？」その耳慣れない単語を聞いたのはこれで二度めだ。

ウェンブリットはまるで、うんと頭の弱い人間を相手にするような表情を浮かべた。

「〝荷物〟って意味です、姫様。ここは船の上なんで、すみませんけど船乗りの言葉に慣れてください」

「ああ、荷物《ダネッジ》ね。わかりました」

ウェンブリットは、フィデルマが今しがた出てきた客用船室のドアをノックすると、しばらく室内に姿を消し、彼女の鞄を持ってふたたびあらわれた。

「こっちです、姫様。お部屋にご案内します」

彼はくるりと向き直り、主甲板へ続く昇降口の階段をもう一度あがっていった。

「下甲板の客室ではないのですか?」階段をのぼりながらフィデルマは訊ねた。

「船首甲板の客室です。自然の光も入りますし。マラハッドが、そこのほうがあなたに……」少年が口ごもった。

「マラハッドが、なんですって?」彼女は問いただしたが、答えはすでに承知の上だった。

少年は気まずそうだった。

「なんでもないです」

「あの人ったらお喋りね」

「船長は姫様に快適に過ごしてもらいたいだけです」すこし怒った口ぶりだった。

フィデルマは片手を伸ばし、少年の腕に置いた。そしてきっぱりといった。

「特別扱いはしないでください、と船長にもお願いしてあります。この船旅では、私もほかのかたたちと同じ、ただの修道女です。私以外のかたたちのことも平等に扱っていただきたいのです。まずはその〝姫様〟というのをやめてくれませんか。シスター・フィデルマ、と」

少年は無言のまま、そういわれて目をぱちくりさせた。フィデルマは、つい冷ややかな態度を取ってしまったことがふいに申しわけなくなった。

「あなたのせいではないのです、ウェンブリット。マラハッドには、あくまでも内緒にしておいてほしいといっておいたのですけれど。知ってしまった以上はしかたがないので、とりあえず秘密にしておいてもらえますか？」

少年は頷いた。

「マラハッドは快適に過ごしてもらいたいと思っただけなんだ」彼は繰り返し、庇《かば》うようにいい添えた。「あの人は悪くないよ」

「船長のことが好きなのね」懸命な少年の声に、フィデルマは微笑んだ。

「いい船長なんだ」ウェンブリットはぽつりといった。「こっちだよ、姫様……じゃなくて、修道女様」

少年は彼女を連れて主甲板を横切り、そびえ立つオーク材のマストを通り過ぎた。革でできた巨大な一枚帆は今も風をはらんで乾いた音をたてている。見あげると、帆の正面に意匠が施されていた。巨大な赤い十字架の中央に、円を重ねて描いてある。

振り仰いだ彼女の視線を少年が追った。

「あのしるしは船長が決めたんだ」誇らしげにいう。「最近は特に巡礼のお客が多いから、ぴったりだろうって」

少年がさらに先へ進んでいったので、フィデルマはそのあとについて、せりあがった舳先《へさき》のほうへ向かった。斜めに立てたマストが空を指している。このマストには帆桁が一本渡され、舵取り用の帆が張られていた。主帆《メインスル》よりも小ぶりの、船の方角を操るためのものだ。船首は船尾と同じく中央より高い位置にあり、それによってできた空間を用いて主甲板と同じ高さに客用船室がずらりとつくられていた。船尾甲板と同様に、下甲板から主甲板へは階段で出られるようになっている。正方形の格子窓が主甲板にふたつあり、その窓と窓の間に、客用船室部分へつながる入口があった。

ウェンブリットがこの入口のドアを開けて中に入った。ついて入ると短い通路があり、三つのドアが、それぞれ右側にひとつ、左側にひとつ、突き当たりにひとつ見えた。少年が向かって右のドアを開けた。こちらが〝右舷側〟だ——とフィデルマは頭に書き留《と》めた。

「どうぞ、姫様」彼はドアを開けて朗《ほが》らかにいうと、一歩さがって彼女を中に通した。

まぶしいほど明るかった甲板とくらべると客用船室の中は薄暗かったが、甲板下の狭苦しい客用船室ほど暗くはなかった。格子窓には内側が見えないよう亜麻布のカーテンがかかっており、このカーテンを引けばもうすこし明かりが取りこめそうだった。室内にはひとり用の寝棚とテーブルと椅子がひとつずつあった。質素だが使い勝手のよさそうな部屋で、少なくとも空気は新鮮だった。フィデルマは満足げに室内を見わたした。思っていたよりもよい部屋だ。

「普段は誰がここを？」彼女は訊ねた。

少年は荷物を寝棚におろすと、肩をすくめた。

「たまに特別なお客さんを乗せたりもするからさ」その話題にはあまり触れたくないという口ぶりだ。

「向かい側はどなた？」

「左舷側の船室？　ガーヴァンだよ」少年が答えた。「ガーヴァンは航海士で、ブルトン人なんだ」彼は船首側を指さした。三つめのドアがある方角だ。「便所はあっち。船じゃ〝ヘッド〟って呼ぶ。船の頭《ヘッド》のところにあるからさ。中にバケツが置いてある」

「ここもみなが使うのですか？」フィデルマは不愉快そうに鼻に皺《しわ》を寄せ、この船に乗っている人数を思わず心の中で数えた。

理由に気づいて、ウェンブリットがにんまりと笑った。

「船員はなるべくこっち側を使わないようにしてる。艫《とも》側にもあるから、そこまで切羽詰まったことにはならないよ」

「湯浴みはどこで？」

「湯浴み？」考えもしなかった、とばかりに少年が眉をひそめた。

「この船では誰も湯浴みをしないのですか？」フィデルマは詰め寄った。彼女のような育ちの者なら誰しも、夜分には全身湯船に浸かり、起き抜けには軽い湯浴みをするのが習慣だった。

少年はにやりと笑みを浮かべた。

「朝、水浴びしたけりゃおいらが海水をバケツに汲んでくるよ。でも風呂に浸かりたいんなら……そうだなあ、港にいるときとか波が凪《な》いでるときなら、船のそばで泳げなくもないかな。あいにくと、カオジロガン号には湯船なんてものは載ってなくてさ、姫様」

フィデルマは黙って受け入れた。過去の船旅の経験から、船上では沐浴は二の次らしいとうすうす気づいてはいた。

「この客室でご満足だそうです、って船長に伝えても大丈夫かな、姫様？」

見ると少年は不安げな表情を浮かべていた。安心させようと、フィデルマはにっこりと微笑んだ。

「どのみち、船長には正午にお会いしますけれど」

「そうだけど、気に入ってもらえた？」少年はしつこく訊ねた。

「たいへん気に入りました、ウェンブリット。ただほかのかたたちの前では〝修道女様〟と呼んでもらえると助かります」

ウェンブリットは片手をあげ、敬礼の真似ごとのように、握った拳《こぶし》の関節で額をコツンと叩くと、にっと笑った。そして背を向け、与えられた仕事をするために急ぎ足で去っていった。

　フィデルマは客用船室のドアを閉め、室内を見わたした。つまりは、風のご機嫌がよかったとしても、来週いっぱいはここで暮らさねばならないということだ。客室は奥行きが七フィート（約二メートル強）、幅が五フィート（約一・五メートル）ほどしかない。テーブルは、あらためて近づいてよく見てみると、木の板切れを壁に蝶番で取りつけただけのものだった。三本脚の背もたれのない椅子が隅に置いてある。もういっぽうの隅には水の入ったバケツ。飲み水か、顔を洗う水かのどちらかだろう。指を浸して舐めてみた。海水ではなく真水だ――では飲み水ということだ。胸の高さあたりに窓があり、そこから主甲板が見えた。窓の幅は十八インチ（約四十五センチメートル）、高さは一フィート（約三十センチメートル）ほどで、二本の筋交いが渡されている。部屋の隅には、金属製の鉤《かぎ》にかかったランタンがあり、火口箱《ほくちばこ》と燃えさしの蠟燭《ろうそく》がその真下のちいさな棚に載っていた。

　必要なものはじゅうぶんに揃っていた。

　甲板下の、空気も悪く光も射さない客用船室に押しこめられたほかの修道士や修道女たちを思い、フィデルマはふと申しわけなくなった。だがその一瞬はまたたく間に過ぎ、とりあえずこの船旅の間は新鮮な空気が吸えて、我慢しながらほかの誰かと同じ空間で寝起きをともにしなくてもよいのはありがたいと思うことにした。

　掛け釘がずらりと並んでいたので、鞄に向き直って着替えを出した。フィデルマは化粧品の類——たとえば、唇に紅をさすための赤い漿果《ベリー》の汁など——を持ち歩く質《たち》ではなかったが、キルヴォラグ〔化粧ポウチ〕[1]——櫛と鏡を入れるための〝櫛入れ袋〟——は鞄に入っていた。普段から飾り彫りのついた骨製の櫛を二本持ち歩いていたのも、身を飾るというより、髪をきちんとくしけずり整えておくことが一般的な習慣だったからで、当時は頭部を美しく整えているほどよいとされていた。

爪を汚くしているのは見苦しいとみなされていたため、フィデルマも、彼女と同じ高貴な女性たちと同様に、爪を丁寧《ていねい》に切って丸く整えてはいたが、さらに深紅の顔料で染めたりはしなかった。ほかの女性たちのように、ブラックベリーやブルーベリーの果汁を眉や瞼《まぶた》に塗ることもなかった。庭常《ニワトコ》の樹液や果汁を絞った染料を用いた頬紅で、頬の自然な赤味を強調したりもしなかった。だが、化粧で飾らずとも常に身綺麗にしておくようには心がけていた。

化粧ポウチを鞄から出してテーブルに置いた。じつをいえば、荷物の中で最もかさばっているのはティアグ・ルーウァー[2]、つまり小ぶりの収納鞄に入れた書籍二冊だった。数世紀前から、アイルランドの修道士や修道女たちが〝巡礼の旅《ペレグリナティオ・プロ・クリスト》〟に出ることが増えた。こうした宣教師たちや巡礼者たちにとって、新たな信仰のみことばを異教徒たちの間にひろめるための典礼書や戒律に関する冊子などが必要であろうし、それならば小ぶりで持ち運びのできるものがよいだろう、と同国の学識ある写本師たちは考えた。フィデルマは縦十四センチメートル、横十一センチメートルのミサ典書をこの旅に持参した。また、兄のコルグー王が長旅の退屈しのぎにともう一冊同じ大きさの本を寄越してくれた。『聖アルバ[3]の生涯』だ。この聖アルバとはキャシェルのキリスト教初代司教であり、モアンの守護聖人でもあった。彼女はこの二冊を衣服とともにそっと掛け釘にぶらさげた。

一歩さがって片づけの成果をひととおり眺め、フィデルマはにっこりと笑みを浮かべた。昼食の時間までは特にすることはない。いいわけがましいあの男の目の前でシスター・ムィラゲルの客室のドアをぴしゃりと閉めてやってから、今ようやく寝棚に横になれたので、彼女は頭の後ろで両手を組み、よりによってキアンと再会するなどという、とんでもない巡り合わせにふと思いを漂わせようとした。

ところが、やれやれとばかりに身体を伸ばしたとたん、キイッと甲高い声がして、重くて温かいものが腹の上に飛び乗ってきた。フィデルマが悲鳴をあげると、黒いふさふさしたかたまりは、先ほどとは違う奇妙な鳴き声をあげながら、彼女の腹の上から床に飛びおりた。

縮みあがったまま、フィデルマは起きあがった。痩せた黒猫が床にすわり、きらきらした緑色の瞳で彼女を見あげていた。つややかな毛が窓からの陽光を受けてぴかぴかと光っている。猫は興味津々のまなざしで彼女を見つめて「ニャオ」と低く鳴くと、なにごともなかったかのように前肢を舐めだし、それからその前肢で忙しく自分の耳や目をこすりはじめた。

ドアの向こう側から木のこすれる音がして扉が開き、息せき切ってやってきたようすのウェンブリットが、心配そうな面持ちで戸口に立っていた。

「悲鳴がしたけど、姫様」息があがっている。「どうかした？」

フィデルマは悔しいながらも、つい取り乱してしまった原因を指さした。

ウェンブリットはほっとしたようすで、満面に笑みを浮かべた。

「うちの船乗り猫だよ、姫様。こういう船には鼠を退治してくれる猫が必要なんだ」

鼠、と聞いてフィデルマは軽く身震いした。

ウェンブリットが宥《なだ》めるようにいった。「怖がんなくてもいいよ。やつらは船底とか、たまに貯蔵庫をうろつくぐらいで、わざわざ人間には近づいてこない。なにしろこの〝鼠の王様〟が目を光らせてるからさ」

件《くだん》の猫はいつの間にかフィデルマの寝棚にふたたび飛び乗り、気持ちよさそうに丸くなって、すやすやと眠っているようだった。

「ここがこの娘《こ》の居場所なのかしらね」彼女は猫を見やった。

少年は頷いた。

「こいつは雄猫さ、姫様」と正す。「そう、〝鼠の王様〟はこの客室で寝るのが好きなんだ。いっとけばよかったね。心配ないよ、おいらが連れてくから」

足を踏み出した彼の腕に、フィデルマは片手を置いて止めた。

「このままでいいですよ、ウェンブリット。この子にも一緒に部屋を使ってもらってかまいません。猫は嫌いではありませんから。さっきはただ……飛び乗られてびっくりしただけです」

少年は肩をすくめた。

「邪魔だったらいってくれればいいよ」

「名前はなんというの?」

「ルッフチェルン――〝鼠の王様〟さ」

旅をともにする新たな相棒を見やり、フィデルマはにこりと笑みを浮かべた。

「自分を退治にやってきたラーハン王の武人たちを返り討ちにしたという、ダンモアの洞窟に棲んでいた(4)猫と同じ名前ですね。彼を斃《たお》せたのはたったひとりの女戦士でした」

少年は途方に暮れた顔で彼女を見た。

「そんな猫いたっけ」

「ただの古いい伝えです。ルッフチェルンと名づけたのは誰?」

「船長だよ。あの人ならどんないい伝えでも知ってるけど、そんな話は聞いたかなあ」

「もしこの子が雌猫なら、バラクニャという名がついていたでしょうね。〝海の女傑〟という意味で、ブレサル・ブレック(5)の小帆船《バルク》に乗り、エリン(エール、とも。アイルランドの古名)に上陸した最初の猫の名前です」フィデルマはうっとりといった。

「雄猫だってば」少年は譲らない。

「わかってますとも」彼女はきっぱりといった。「とにかく、もう〝鼠の王様〟には好きにさせてやりましょう」

ウェンブリットが出ていくと、フィデルマは寝棚に戻り、足もとのあたりで気持ちよさそうに丸くなっている猫の隣にそっと横たわった。ゴロゴロと喉を鳴らしている温もりのかたまりがそばにいると、なんとなく安らぎをおぼえた。彼女はふと目を閉じ、頭の中に散らかった考えを整理しにかかった。猫があらわれる前はなにを考えていたのだったか？　ああそうだ――キアンのことだ。彼女は思わず口を尖らせた。あの頃の自分ときたらなんと愚かだったのだろう？　若くて経験が浅かったといいわけするほかなかった。

キアンの存在は、十八歳のあのときに、苦い思い出だけを残して自分の中から永遠に消え去ったものとばかり思っていた。しかしふたたび彼がこうして目の前にあらわれ、おまけに少なくとも一週間は、この船という閉ざされた狭い空間で彼の存在に耐えつづけなければならない。自分の感情がどうなってしまうのか、フィデルマは不安でならなかった。もう若き日の苦い経験から立ち直ったというならば――タラでの日々以来、たえずそのことが頭から離れないなどということはいっさいないというならば、なぜこんなに激しく心が波立つのだろう？　たぶんそうなるのがわかっていたからこそ、これまで一度としてこの苦い経験に真正面から向き合ってこなかったのだし、彼の顔をふたたび目にしてこれほど腹が立つのだ。

キアン！　ほんとうに、あの頃の自分はなんて世間知らずだったのか？　あんなにたやすく騙されて、心をずたずたに引き裂かれてしまうとは。

身持ちの悪いキアンを再三にわたって許してやった。あんな男のことは忘れて別れなさい、という親友のグリアンの言葉にも耳を貸さなかった。こちらから突き放してやるようなこともけっしてせず、彼が過《あやま》ちを犯すたびに、惨めさで胸が張り裂けそうになった。結局、学業にまで支障が出はじめ、フィデルマはブレホンである老師モランに呼び出された。

そのときの情景は今でもまざまざと思いだせた。老師の前に立たされたあのときの気持ちがよみがえり、胸がきりりと痛んだ。

ブレホンのモラン師は、厳しくも気遣うようなまなざしでフィデルマを見据えた。

「近頃のそのほうにはあまり感心できぬな、フィデルマ」剣呑《けんのん》な口ぶりだった。「最もたやすい学業においてすら集中力を欠いているとみえる」

フィデルマは身がまえるようにぐっと顎を突き出した。

「待て！」ブレホンのモラン師は、彼女の唇にのぼりかけた弁解の言葉をさえぎるように、震える手をかざした。「踊れぬ者ほど、床が平らではないと不平を口にしがちだ」

フィデルマは頬を紅潮させた。

「そのほうの勉学がおろそかになっている理由は承知している」老師はきっぱりと、だが穏やかな口調で続けた。「咎《とが》めているのではない。だが真実は告げねばならぬ」

「真実とはなんです?」フィデルマは苛立ちを抱えたまま問いただしたが、その苛立ちはほかの誰でもなく、自分自身に対して感じているものだとわかっていた。

ブレホンのモラン師は眉ひとつ動かさずに、灰色の瞳で彼女を見据えた。

「真実とはつまり、真実のなんたるかをそのほうは気づかねばならぬ、それも早急に、ということだ。さもなくば、そのほうの学問における成功はない」

フィデルマは唇が薄く見えるほど固く、口もとを引き締めた。

「私を落第させる、とおっしゃるのですか?」彼女は詰め寄った。「私の学業をお認めにならない、と?」

「そうではない。そのほうがみずから落第の道を選ぼうとしているのだ」

フィデルマは低く、怒りに満ちたため息をついた。ブレホンのモラン師をしばし睨みつけ、背を向けて出ていきかけた。

「待ちたまえ!」

ブレホンのモラン師の、静かだが有無をいわさぬ声にフィデルマは足を止めた。しぶしぶながら師を振り向く。彼はいっさい動じていなかった。

「聞くがよい、〝キャシェルのフィデルマ〟。ごく稀なことではあるが、儂《わし》のような老いゆく教師が、突如として、それまでの教師人生は誤りではなかったと思えるほどの、才能にも賢さにもまばゆいばかりに恵まれた学生に出会えることがじっさいにあるのだ。やる気のない千人の頭に知識をひたすら刷りこむだけの日々ですら、そうしたひとりを見いだすことができれば、それを補って余りあるものとなる。知識を吸収し理解することに貪欲で、かつその能力を持ち合わせた者——そしてさらにその知識を用い、人類そのものの向上に貢献することのできる者に。幾星霜の失望の日々もそこでふいに報われる。軽々しく口にしているのではない、儂は、教鞭をとろうと決めたみずからの選択が正しかったか否かを握っているのは、そのほうであると考えているからだ」

フィデルマは立ちつくしたまま、驚いて老師を見つめた。このようないいかたをする師を見るのは初めてだった。一瞬、ふたたび身がまえた。彼女は素早く考えを巡らせ、師はこちらを持ちあげておいてなにかしらの利益を得ようとしているにちがいないと結論づけた。

「かつておっしゃっていたではありませんか、みずからの野心を満たすために他人を利用することは、裏返せば、おのれの品性の低さと才能のなさを示すことである、と?」つい口調が刺々《とげとげ》しくなった。

ブレホンのモラン師はフィデルマの激しい反駁《はんばく》にまばたきひとつしなかった。反撃されて軽く目を細めただけだった。

「〝キャシェルのフィデルマ〟」穏やかな声音だった。「そのほうにはそれだけの希望があり、才能があるのだ。おのれ自身が、おのれの前途に立ち塞がる敵となってはならぬ。才能を自覚し、それを浪費するでない」

老ブレホンの言葉にどう反応したらよいのかわからなかった。まったくもってこの老師らしくないものいいだったからだ。知り得るかぎり、この老師が教え子に向かってなにかを懇願したところなど見たことがなかった。だが目の前の彼は、明らかに懇願している口調だった。フィデルマに向かって。

「私は私の人生を歩みます」フィデルマは開き直った。

するとと老師は表情を硬くして、にべもなく片手を振った。

「ではどこへなりと行き、そのほうの人生を歩むがよい。みずから学びたいと望むまで、儂の授業には出なくてよろしい。そのほうが心の平安を見いださぬかぎり、戻ってきたとて無駄であろう」

凄まじい怒りがこみあげ、自分でもなにをいいだすかわからなかったので、フィデルマはくるりと師に背を向け、部屋を出ていった。

ブレホンのモラン師のもとをふたたび訪ねたのは三か月後のことだった。悲嘆と孤独に苛《さいな》まれた、つらく長い三か月間であった。

第五章

フィデルマはびくりと目を覚まし、眠りを妨げたのはなんだろう、と思った。甲高い鐘の音が騒々しく鳴り響いている。一瞬、自分がどこにいるのかわからなかった。やがて身体の下に感じる船の揺れで思いだした。キアンのことを考えながら眠ってしまったのだ。どうりで、不愉快な悪夢を見たような気分がすると思ったら！　フィデルマは、彼と過ごしていた頃に起こった悲惨なできごとの数々をいつしか思い返していた。十年近く昔のことなのに、いまだに胸を貫くような記憶だった。

やかましい鐘の音はしつこく鳴りつづけていた。昼食の時間を知らせるウェンブリットの正午の合図だ。フィデルマは急いで寝棚から起きあがった。猫はいなかった。慌ただしく髪に櫛を入れ、服の皺《しわ》を伸ばす。

客用船室を出て主甲板に向かった。船の揺れはそれほど不快ではなかった。海は晴れわたり凪《な》いでいる。振り仰ぐと太陽が天頂にあり、影が短くなっていた。風はないようだ。帆はだらりと垂れさがり、ふいに吹くかすかな風をときおりはらんでわずかに膨らむだけだ。とはいえ、低速ではあるが船は動いており、青い大海原を進んでいた。甲板で胡座《あぐら》をかいて寛《くつろ》いでいたふたりの船員が、通り過ぎるフィデルマに愛想よく頷いてみせ、そのうちのひとりが彼女の国の言葉で挨拶をした。

フィデルマはウェンブリット少年にいわれたことを思いだしながら、船尾甲板の昇降口を慎重におりて〝食堂室《メスデッキ》〟に向かった。ランタンの仄暗い明かりと、狭い空間に漂う匂いを頼りに先へ進む。

六、七人ほどが細長いテーブルについていた。船の幅をいっぱいに使った広い部屋だ。テーブルが置かれているのは大檣《メインマスト》の奥だった。まるで木が生えているかのように、メインマストが甲板をぶち抜いて立てられている。マラハッドは大股開きでバランスを取りながらテーブルの上座に立っていた。その後ろでは、ウェンブリット少年がサイドテーブルに身を屈めてパンを切っている。

フィデルマが入っていくとマラハッドは笑みを浮かべて手招きをし、自分の右側の席にすわるよう示した。松材の細長いテーブルの両側に長いベンチがひとつずつ置いてある。すでに着席していた人々が、興味深げに顔をあげて新参者を見た。

席につくと正面にキアンがいた。フィデルマは慌てて、怪訝《けげん》そうな顔つきの同行者たちに向かって軽く微笑んで会釈した。キアンがわけ知り顔で笑みを浮かべて立ちあがり、彼女を紹介しはじめた。

「みなに会うのは初めてだろう、フィデルマ」彼はしきたりを無視して話しはじめた。本来ならば、紹介の場を取り持つのはマラハッドであるべきだ。だがキアンはマラハッドがいかに図太くできているか知るよしもなかった。

「申しわけないが、ブラザー・キアン」船長が苛立たしげに口を挟んだ。「〝キャシェルのシスター・フィデルマ〟、旅のお仲間は俺から紹介させてもらおう。こちらがそれぞれシスター・アインダー、シスター・クレラ、シスター・ゴルモーン」と彼は、キアンの横の、フィデルマの向かい側にすわった三人の修道女たちをてきぱきと紹介した。「こちらがブラザー・キアン、隣がブラザー・アダムレー、ブラザー・ダハル、ブラザー・トーラだ」

フィデルマは軽く首を傾けてみなに挨拶した。名前と顔は追々一致するだろう。とりあえずは形ばかりの紹介ということだ。キアンはむっとした顔でふたたび席についた。

キアンのすぐ隣の、巡礼者にしてはかなり若く見える修道女がにっこりとフィデルマに笑いかけた。

「ブラザー・キアンとお知り合いなの？」

慌てたように返事をしたのはキアンだった。

「フィデルマは何年も前の、タラでの知り合いなんだ」

フィデルマは好奇の目が自分に向けられているのを感じてきまりが悪くなり、マラハッドを見て、いった。

「お見受けしたところ、こちらの巡礼団は全部で八人しかいらっしゃらないのですね。もうすこし多いのがならわしでは?」そこで思いだした。「ああ、シスター・ムィラゲルがおいででしたね。あのかたはまだ客室に閉じこもっているのですか?」

マラハッドは苦笑いを浮かべたが、答えたのはテーブルの端のほうにいる、険しい顔つきの年配の修道女だった。

「お気の毒に、シスター・ムィラゲルも、ブラザー・ガスとブラザー・バーニャのふたりも過酷な船旅にすっかり体調を崩していて、しばらく出てこられないでしょう。シスター・ムィラゲルともお知り合いですの?」

フィデルマはかぶりを振った。「お会いしたのはこの船に乗ってからですし、それもあまりよい出会いではありませんでした。かなり具合がお悪いようだったので」と念のためいい添える。

年配の、汚らしい灰白の髪をした修道士が、わざわざ音をたてて不満げに鼻を鳴らした。「あの者らは船酔いでどうにもならん、といってやればよい、シスター・アインダー。耐えられぬならそもそも来なければよかったのだ」

確かシスター・クレラという名の、三人めの修道女は小柄な若い女で、顔の幅が広く、そのためにせっかくの魅力的な顔立ちが少々野暮ったく見えた。不服そうな顔をしている。気が弱いのか、まるで誰かがあらわれるのを警戒しているかのように、先ほどからずっと、ちらちらと周囲を気にしている。このクレラが、舌打ちをし、首を横に振った。

「もうすこし思いやりを持ってさしあげたらどうかしら、ブラザー・トーラ。船酔いって、ひどくつらいものなんですから」

「船乗り流の治しかたならある」マラハッドがちくりと口を挟んだ。「お勧めはしないがね。船酔いを防ぐには、甲板に出て水平線をひたすら見つめるといい。新鮮な海の空気を存分に吸うんだ。酔っちまっても、甲板下《した》から出ず部屋に閉じこもってるのがいちばんよくない。お仲間にもそう伝えておくんだな」

先ほど、船酔いを治す方法として自分がいったことは正しかったのだとわかり、フィデルマは満足感をおぼえた。

「船長！」ふたたび声をあげたのは、きつい顔立ちをしたシスター・アインダーだった。「これから食事というときに、わざわざ船酔いで気分の悪くなる想像をする必要がありまして？　ブラザー・キアンに〈感謝の祈り〉を唱えていただいて、食事を始めましょう」

フィデルマは視線をあげ、なりゆきを見守った。キアンが修道士として〈感謝の祈り〉を先に立って唱える姿など想像したことすらなかった。

かつての武人は、彼女の探るようなまなざしに気づいてか、険しい顔つきをした年配の修道士に向き直った。

「〈感謝の祈り〉はブラザー・トーラにお願いしよう」彼はぎごちなく呟くと視線をあげ、挑むようにフィデルマを見据えた。「感謝したいこともそれほどないんでね」と、彼女だけに聞こえる声で、さらに低くささやく。フィデルマは返事をしようとすらしなかった。聞きとがめたマラハッドが濃い眉を持ちあげたが、とりわけなにもいわなかった。

ブラザー・トーラは胸の前で両手を組み合わせ、よく響くバリトンの声で唱えた。「〝神の賜物に祝福あれ〟」

続けてみなの口から自然に出た。「〝また聖なるその御業《みわざ》にも〟」

食事が進むと、マラハッドが、先ほどフィデルマにも話したとおり、この船旅の目算を説明しはじめた。

「上陸予定の港に到着するまで、とにかく天候に恵まれてくれればな。あんたがたの目的地である大聖堂は、港からはさほど遠くない。内陸に向かってほんの数マイルの旅だ」

巡礼者たちの間から興奮のため息が漏れた。先ほど主甲板で見かけた若い修道士のうちのひとりで、ブラザー・ダハルとおぼしき若者が、甲板で連れと話していたときのように、顔を輝かせて身を乗り出した。

「大聖堂があるのは、かつてブレゴン（ブリョゴーン、とも。『アイルランド侵攻史』に登場する王）が巨大な塔を建てた場所の近くですかね？」

どうやらブラザー・ダハルは古代ゲール（ケルト）伝説を学んでいるようだ。いにしえの吟唱詩人《バード》によれば、かつてイベリアにはエリンの民の先祖らが住んでおり、遠い昔には、長《おさ》であったブレゴンの建てた巨大な塔からかの地を監視していたという。民を率いて大規模な侵攻をおこない、五王国を平定したのはブレゴンの甥であり、ミーク・アスパンとしても知られるゴラヴであった。

マラハッドは満面に笑みを浮かべた。これまでの巡礼者たちからも幾度となく浴びせられてきた質問だったからだ。

「いい伝えにはそうあるが」彼はにこやかに答えた。「残念ながら、あのあたりにはそういった巨大建築物は見当たらない。〈ブレゴンの塔〉ではなく〈ヘラクレスの塔〉と呼ばれる古代ローマ時代の大灯台があるだけだ。〈ブレゴンの塔〉ってのはそれはそれは高い建物だったんだろうよ、なにせイベリアからエリン沿岸が見わたせたそうだからな」とここでふと黙ったが、彼のユーモアには誰ひとり反応しなかった。マラハッドの声が真面目になった。「さて、こうしてお集まりいただいたところで、いくつか全員にいっておきたいことがある。この最初の食事を逃したお仲間にもかならず伝えてほしい。この船の乗客として、かならず従ってもらいたい規則だ」

彼は言葉を継ぐ前にふとためらった。

「さっきも話したが、天候に恵まれれば一週間の船旅だ。その間は主甲板を好きに使ってくれてかまわない。働いてる船員の邪魔はなるべくしないでくれ、あんたがたの命は、この船を手際よく動かせるかどうかにかかってる、しかもこのあたりの海を航行するのは生易しい仕事じゃないんでね」

「巨大な怪物が海に棲んでるって聞いたことがあるわ」

若いシスター・ゴルモーンだ。フィデルマはひそかに興味を抱《いだ》いて彼女を観察した。どのみち数日間は同じこの船内にいなければならないのだから、今からでも同行者たちのことを知っておくに越したことはないと感じたからだ。ゴルモーンはかなり若く、せいぜい十八歳くらいだろうと思われた。興奮して息を弾ませて話すようすは、まるで無邪気な子どものようだ。じつをいえば、フィデルマはその姿を見て、飼い主を懸命に喜ばせようとしている元気のいい仔犬を思い浮かべていた。個性的な顔立ちをしていて、瞳はかたときもじっとしておらず、まるで常に不安に苛《さいな》まれているかのようにきょろきょろと落ち着きがない。自分も若い頃はあんなふうだったのだろうか、とフィデルマはいつしかつらつらと考えていた。十八歳。そうだ、キアンと出逢ったのはまさに十八歳の頃ではないか。彼女はその考えをすぐさま頭から追い払った。

「怪物が出るの？」娘はまだ訊いていた。「危険な目に遭ってしまうかしら？」

マラハッドは笑い声をあげたが、そこに悪意はなかった。

「この船が行く先で怪物と出くわす危険はまあないな」きっぱりという。「出会ったこともないような海洋生物を目にすることはあるかもしれんが、向こうからは近づいてこない。なによりも危険なのは悪天候だ。あいにく時化《しけ》に遭ったら、俺の指示がないかぎり、とにかく甲板下でおとなしくしててくれ、ランプと蠟燭《ろうそく》はかならずひとつ残らず消して……」

「でもランプを消してしまったら、甲板下の暗闇ではなにも見えなくなってしまうんじゃなくて?」シスター・クレラが弱々しい声を出した。

「ランプと蠟燭はすべて消さねばならん」答えはそのたったひとつしかないといわんばかりに、マラハッドが語気を強めた。「時化もだが、船火事もごめんなんでね。ランプを全部消して、置いてあるものをすべて固定するんだ」

「どういうことかね」隠者のような見た目のブラザー・トーラが訊いた。理由がわからなかったようだ。

「固定されていない、船の揺れで被害の出そうなものは縛っておくか留《と》めておく必要がある」船長は辛抱強く説明してやった。「そのときはウェンブリットを手伝いにやるし、足りないものがあれば彼が調達する」

「時化に遭う確率はどのくらいですの?」細身の年配の修道女、シスター・アインダーが訊ねた。

「五分五分ってとこだな」マラハッドは認めざるを得なかった。「だが心配ない。俺はただの一度も、巡礼船一隻、巡礼団ひとつ、時化で沈めたことはない」

テーブルに集《つど》った人々のおもざしに、やや引きつった笑みが浮かんだ。どうやらマラハッドは察しのいい男のようだ。この中には、〝心配ない〟というその言葉を求めている人々がいて、マハラッドのほうもそれに応えたのだ、ということがフィデルマにもわかった。

「正直にいえば」彼は遠慮なく口にした。「今月あたりは時化が多く、暴風雨が何週間にもわたって続く時期でもある。だがなぜ俺が、今日のこの日を出航日に選んだと思う？　今朝の潮に乗る、と俺があくまでも主張したのはただの偶然だとでも？　どなたか理由がわかるかね？」

一同は顔を見合わせ、首を横に振る者もあった。

「神に仕えるかたがたなら、今日がなんの日かくらい当然ご存じだろうに」船長は冷やかすようにいった。そして答えを待った。ところが誰もが途方に暮れた顔をしている。ここは自分が答えてやらねばならないらしい、とフィデルマは思った。

「〈聖ルカの祝日〉、つまり〝薬師《くすし》たる〈親愛なるルカ〉〟の祝日（十月十八日）のことをおっしゃっていますか？」

マラハッドは彼女の知識に賞賛の目を向けた。

「そのとおり。〈ルカの祝日〉だ。〝聖ルカ日和《びより》〟（十月の小春日和の意）という言葉を聞いたことはないかね？」

みな戸惑ったようにかぶりを振った。

「船乗りなら当然知っているが、毎年、〈聖ルカの祝日〉を過ぎると月の中旬はたいてい好天に恵まれる――晴れる日が多く、雨はほとんど降らない。そこでわれわれ船乗りは、十月に船を出すときはたいていその時季を選ぶ」

「船旅の間、間違いなく好天になるという保証はありますの？」シスター・アインダーが詰め寄った。

「残念ながら、一度船出したら保証できることなどなにひとつない。いつだろうとどこだろうと、真夏だろうが真冬だろうが同じだ。俺は単に、かつてこの時季に船を出し、快適かつ平穏な航海ができなかったのはただの一度だけだった、といっているだけだ」

ここでマラハッドはいったん言葉を切ったが、誰ひとり口を挟むようすがなかったので、そのまま続けた。

「むろんそれだけじゃない。この船旅を申しこむ前に当然お聞き及びだろうが、近頃は海も危険で、われわれがこれから通る予定の海域も例外ではない。自然がもたらす危険――潮流や風や時化などについてはもうおわかりだろう。俺が話しておきたいのは、われわれの同胞たる人間のもたらす危険――海賊や襲撃船についてだ。船を襲撃して掠奪《りゃくだつ》をはたらき、乗客を拉致して奴隷として売りさばく連中だ」

その場がしんと静まり返った。

ローマに旅をしたことのあるフィデルマは、マラハッドのいう危険について多少は承知していた。バレアレス諸島（西地中海に浮かぶ群島）からイタリア西側の港の沖を荒らしまわる襲撃船や、中東から地中海――世界の中央に座する巨大な海だ――を抜けてやってくる連中についても幾度か耳にしたことがあった。

「襲撃された場合、どのような防御を?」キアンが低い声で訊ねた。

マラハッドは薄笑いを浮かべた。「この船は軍艦じゃないんでね、ブラザー・キアン。われわれの操舵術と、悪――」といいかけて、相手が修道士と修道女の一団であることを思いだしたようだった。「神のご加護と運しだいだ」

「操舵術にも運にも恵まれなかったらどうなるのだね?」ブラザー・トーラが訊ねた。「あんたたち船乗りが武器を手に儂《わし》らを守ってくれるのか?」

キアンがあざ笑うような表情を浮かべた。

「なにをいっているんです、ブラザー・トーラ? 自分はなにもせずただ突っ立って、その隣で他人に自分を守って死ね、と?」キアンが同僚を嫌っているらしいのは明らかだった。

「儂に、十字架のかわりに剣を取れというのかね?」身を乗り出したブラザー・トーラは首もとまで赤くしていた。

「無理ですか?」キアンは平然と答えた。聞きおぼえのある小馬鹿にしたような冷たい口調に、フィデルマは思わず軽く身震いをした。「ペテロもゲッセマネの園でやったことだ」(『マタイ伝』第二十六章参照)

「儂は修道士であって武人ではない」ブラザー・トーラもいい返す。

「だったら十字架を頼りにしたらどうです」キアンが鼻で笑った。「武人を頼ろうなどと思わないことですな」

ちらりとフィデルマを見たマラハッドの顔に、面白がっているような笑みが浮かんでいた。

やがて船長が、一同に祝福を与える司祭よろしく両手をかざした。

「まあまあ」宥《なだ》めるようにいう。「あんたがたが揉める必要はない。脅《おど》かすつもりは毛頭ないが、いざという場合に面喰らわないよう、あらゆる可能性を示唆しておかねばならんのでな。運悪く襲撃船に出会っちまったら、剣よりも強い力がわれわれを守ってくれるようせいぜい祈ってもらうしかない。どのみち、それがあんたがたの教えってやつだろう？　襲撃船は大きな港近くの沿岸を流してることが多い。われわれの針路はそうした危険海域からはだいぶ離れているが……」

「が、なんだ？」マラハッドを急かしたのはキアンだった。

「途中でウェサン島という島に寄港する予定だ。ウェサン島は、かつてアルモリカ（古代ローマ時代のブルターニュ地方の呼称）と呼ばれていた陸地の――今でいう〝小ブリテン〟だな――西海岸沖にある島だ。あのあたりで襲撃船が待ちかまえてる場合がある。たまに、イベリア半島沿岸への航路にも出没する。そういった場所では絶対に襲撃されないとはいえない。まず心配ないとは思うが。めったにないことだからな」

「海賊に襲われた経験があるのですか、マラハッド？」フィデルマは落ち着いた声で訊ねた。

船長の口ぶりがあまりにも自信満々だったからだ。

彼は重々しく頷いてみせた。

「二度な」ときっぱりという。「長年このあたりの海に出ているが、その間に二回だ」

「けれども無事だったのですね」新たな仲間たちにもわかるよう、フィデルマはあえてはっきりと口に出した。

「そのとおりだ」マラハッドは、そこを指摘してくれた彼女に礼をこめたまなざしを向けた。「これまでの航海の中で二度遭遇した、という数字はけっして低い確率じゃない。結局そんな目には遭わないかもしれんが、可能性がないわけじゃないんでね。海賊より、時化に遭う確率のほうがはるかに高い。だが万が一遭遇しちまった場合を考慮して、船長の義務としてあんたがたに警告しておかねばならん。万が一そうなったら、無事に逃げられるよう、けっして船員たちには近づかず、仕事の邪魔をするな、とな」

「二度の襲撃について話してくれんかね？」ブラザー・トーラはキアンを横目で睨みつつ、船長に話しかけた。「それほどひどい目には遭わなかったのではないかね、さもなければ修道女殿も指摘したとおり」と、フィデルマに向かって首をかしげる。「あんたが今ここにいるはずがない」

マラハッドが楽しげにくくっと笑いを漏らした。

「そうだな、まず一度めは襲撃船を撒《ま》いてやった」

「では二度めは？」シスター・クレラが落ち着かなげに急かした。

船長は口をへの字に曲げ、おどけたようにしかめ面をしてみせた。「捕まった」

困惑に満ちた静寂がひろがり、マラハッドは、乗客たちにユーモアを解してもらえなかったことに気づき、わけを話しはじめた。

「船が空っぽで、積み荷も人も乗ってなかったんで、海賊が見逃してくれた。ちょうど港から港へ積み荷を取りに行く途中だったもんでね。いずれ金になる積み荷を載せることもあるだろうから、今この船を壊すのは時間の無駄だ、とさ。寄越せるものができたらまた会おうだとよ。やつとはそれっきりだがね」

黙想中のごとき静寂が船室内に漂った。

「巡礼者が乗ってたらどうなってたの?」シスター・ゴルモーンがおそるおそる訊いた。

マラハッドはあえて返事をしなかった。口を開いたのはシスター・アインダーだった。

「答えを知らずにすんだのですから、神を称えましょう」

甲板から大声がした。みながびくりと跳びあがる。

「ああ」マラハッドがふいに立ちあがった。「心配ない。ただの、風が変わりはじめたという合図だ。俺は失礼させてもらう——持ち場に戻らねばならんのでね。この船のやりかたや従うべき規則についてなにか質問があれば、このウェンブリットに訊くといい。ほとんど生まれたときから船の上にいて、乗客の世話にかけては俺の右腕だ」

肩をぽんと叩かれて、ウェンブリット少年はかすかに照れたような笑みを浮かべ、甲板に向かう船長の背中を見送った。

きちんと考える時間が取れるまではキアンと話さずにすむように、フィデルマはとりあえず、隣にいた若い修道士に話しかけた。

「みなさん、同じ修道院からいらしたのですか?」と話を振る。

ブラザー・ダハルと紹介された、痩せた金髪の若者は、葡萄酒《ぶどう》を一杯飲みほしてから答えた。

「ブラザー・アダムレーと」と同年代の仲間を指し示す。「僕はバンゴア修道院からですが、ほとんどはバンゴアの近くの、モヴィル修道院から来た人たちです」

「どちらもウラー王国にある修道院ですね」フィデルマはいった。

「ええ。ダール・フィアタッハ小王国[1]です」ブラザー・アダムレーが答えた。赤毛で、顔はそばかすだらけだ。涼しげな青い瞳が、暑い夏の日の水面《みなも》のようにきらりと輝いた。相棒は快活な人物のようだが、こちらはもの静かな性格のようだ。

「なぜ聖ヤコブ大聖堂へ?」キアンが隙を見て話しかけてこようとしているのに気づき、フィデルマは重ねて訊いた。

「僕らは写本師なので」ブラザー・アダムレーが低い声で答えた。

対照的な甲高い話し声のブラザー・ダハルが、まるで金切り声のような調子でいい添えた。

「僕たちはわが国の民族の古代史を集めていましてね。それでイベリアへ向かっているわけです」

聞いてはいたが、フィデルマは上の空だった。「そこのつながりは、私《わたくし》にはよくわかりませんけれど」と、それでも一応返事だけはしたが、今後キアンとどう接したものかということで頭がいっぱいで、ダハルの言葉など右から左へ聞き流していた。

ブラザー・ダハルが身を乗り出し、フィデルマの目の前でナイフを振ってみせた。

「シスター・フィデルマ、わが民族の起源については当然ご存じでしょうね？」

ダハルの呼びかけにはたと気づき、フィデルマは彼を一瞥《いちべつ》すると、素早く頭を回転させた。

「もちろんですとも――そういえば船長に〈ブレゴンの塔〉のことを訊いていらっしゃいましたね。わが国の民族の古い伝説にご興味が？」

「古い伝説？」ダハルの相棒が赤い顔で嚙みついてきた。「歴史ですよ！」彼はもの憂げな声を張りあげ、詠唱した。

〝八人の息子を持つ〈叫びのゴラヴ〉は
〈イスパニアのミール〉とも呼ばれ……〟

先を続けようとした彼をフィデルマがさえぎった。

「その物語でしたら私も存じております、ブラザー・アダムレー。ですがそれでは、あなたがたが聖ヤコブ大聖堂へ向かう理由の説明にはなりません。あなたがたの理由は、ゴラヴや

〈ゲールの子ら〉[2]の起源とはなんの関係もないのではありませんか?」

　ブラザー・ダハルはやれやれという顔をしつつ、熱っぽく語りつづけた。

「僕たちは知識を得んがために行くのです。かのイベリアなる地には、われわれの祖先が古文書を遺しているにちがいないのです。ブラーハの息子ブレゴンの子らが育ち、繁栄し、さらに海の向こうへ統治をひろげようと決意したかの地に。ブレゴンがアイルランドを望むその場所に塔を建てたのはそのためですし、ブレゴンの息子イースが船を調え百五十人の武人を配備したのもそのときでした。そして彼らは北に向かって船出し、やがてわれらが愛しきエリンと呼ばれることとなる岸へたどり着いたのです」

「この若い連中は」ブラザー・トーラがかすれた声で、不満げに口を挟んだ。「信仰にも大聖堂にも興味などなく、俗世の歴史を学びに行こうというだけなのだ」

　年配の男の声には明らかに非難がにじみ出ていた。

「お仲間が探求なさっていることに賛同されていないのですか?」フィデルマは訊ねた。

　ブラザー・トーラは、皿にまだ残っている食べものをつつきまわした。

「いうまでもない。世俗のものごとに対する興味に耽りたいだけならば、ブラザー・ダハルもブラザー・アダムレーも、いかにも敬虔なる巡礼の旅に向かうというふりなどする権利はない」

　ブラザー・ダハルの顔がみるみる蒼白になり、彼は声を張りあげた。

「知識の探求ほど神聖なものはないですぞ、ブラザー・トーラ」

「だが神と、神に仕える聖人たちは別だ」ブラザー・トーラはいい返すと勢いよく席を立ちあがった。「バンゴアを発《た》って以来、おまえたちに聞かされることといえば、それはそれは大事な歴史的事実の調査とやらの話ばかりだ。もう耳に胼胝《たこ》ができた。儂らが来たのは、キリストを知り、キリストとともに歩んだ偉大なる聖人の祀《まつ》られる大聖堂へ巡礼するためだ。人類の虚栄心など比較にならん」

「では、アイルランドでの戦《いくさ》で斃《たお》れたブレゴンの息子イースは？」陰気な顔のブラザー・アダムレーがいい返した。「僕らの先祖であるゴラヴとその息子たちは？　彼らもまた取るに足りないと？　彼らの存在がなければ、あなたとて巡礼の旅に出ようにも、そもそも存在すらしていなかったかもしれないのですよ」

「神に創造された最初の男と同じ名をいただいているくせに、宗教にさほど関心はないのだな」トーラがいい捨てた。

ブラザー・アダムレーは椅子にもたれ、くすくすと笑いだした。ブラザー・トーラはそれを冒瀆と勘違いしたようで、ぎょっとした顔をした。だがフィデルマですら、片手で口もとの笑みを隠さずにはいられなかった。ここまでトーラの知識が欠如しているとは。

いっぽうブラザー・ダハルは容赦なかった。

「あなたの無知によって、あなたのおっしゃる〝人類の虚栄心〟がいかに必要なものかが証明されましたな」彼はブラザー・トーラに向かって不躾《ぶしつけ》にいった。「アダムレーという名前は、聖書に出てくるアダムの名とはいっさい関係がないのですよ。〝素晴らしい〟という意味を持つ、わが国の民族に古くからある名前なのです。これで、ひとつの点に凝り固まっていると知識を欠くということがよくおわかりになったのでは？」

ブラザー・トーラは憎々しげな表情を浮かべてくるりと背を向け、席を立ってしまった。

シスター・アインダーは、その険しい表情からフィデルマが察するに、どうやらこの場にいる女性たちの中ではブラザー・トーラに近い立場のようだった。その彼女が不満げに舌打ちをした。

「ブラザー・トーラに無礼な態度を取るのはいかがかと思いますけれど。学識も信仰心も深いかたですよ」

「学識？」ブラザー・ダハルが鼻で笑った。

「聖書と哲学に造詣が深くていらっしゃいます」シスター・アインダーが答えた。

「こちらの分野に関してはまるで学識もなければ、僕らに対しても失礼だった」ブラザー・アダムレーは弁解がましくいった。「この船旅に出た目的を偽るつもりはありません。すでに学問において名を馳せているわが修道院に知識を持ち帰るのが僕らの使命ですから。ブラザー・トーラは学問を敵に回したのです」

「敵になど回していらっしゃいません、学問とは、私どもみなが究明に努めるべきものです

——宗教という学問を」シスター・アインダーが答えた。

ブラザー・アダムレーはブラザー・トーラだけではなく、彼を庇《かば》っているシスター・アインダーのことも見くだしているようだった。

「宗教的知識の探求に勤しんでいるからといって、それ以外の芸術や科学をすべて無視してよいわけではありません。まったく、この巡礼の旅が始まって以来、われわれ一行の間には不和しかない。偏屈なブラザー・トーラばかりか、今度は色恋沙汰——」

「いいかげんになさい！」

シスター・クレラの声が鞭のごとく空《くう》を切り裂いた。居心地の悪い静けさが漂った。

「もういいでしょう、ブラザー・アダムレー」叱責というよりも諭すような声だった。「南のかたがたに、北から来た私たちは内輪もめばかりしていると思われたいんですの？」彼女は笑みを浮かべてフィデルマを振り向いた。「船長が〝キャシェルのフィデルマ〟と紹介していらしたわよね。キャシェル修道院からおいでになったの？」

ここは当たり障りのない答えをしておいたほうがよさそうだ、とフィデルマは思った。じっさい嘘でもなかったので、とりあえず、そうだと答えた。

「でもタラでブラザー・キアンとお知り合いだったんでしょう？」この質問は先ほどの若いゴルモーンだ。

「もう何年も前のことです」フィデルマはよそよそしく答えた。みなの視線を感じながら、彼女は皿に顔を屈めた。乗り合わせた者たちと必要以上に近づきたくはなかったし、この一行の抱えているさまざまな揉めごとがたとえなんであれ、巻きこまれるのはごめんだった。厄介ごとはキアンだけでたくさんだ。

ブラザー・ダハルがある叙事詩人の一節をそらんじて、きまりの悪い沈黙を破った。

〝異国より来たりし船々の
イスパニアのミールの息子たちを、エリンにもたらした船々の長らよ
われ、生涯忘るることはないであろう――
彼らの名と、そのひとりひとりの運命を〟（紀元一世紀のアイルランドの詩人、ヨーヒー・ウア・フローインの詩）

彼は大きく鼻を鳴らして詩を締めくくり、席を立った。やがて赤毛の、気難しげな彼の相棒もそのあとを追った。

「今朝は誰もかれもが機嫌が悪くて申しわけありませんね、シスター……シスター・フィデルマとおっしゃいましたかしら？」気づくと、シスター・アインダーが愛想笑いを浮かべてこちらを見ていた。その笑顔からは温度も情もまるで感じられなかった。「学者というのはおしなべて短気なものですからね、とりわけ自分の専門分野となると、声も大きくなれば口数も多くなります。バンゴアを出発してからというもの、穏やかな時間などじつはほとんど

ありませんでしたの」

了解のしるしにフィデルマは首をかしげた。

「私の質問が、みなさんのいい争いに油を注いでしまったのでないといいのですけれど」

顔幅の広いシスター・クレラがテーブルの向こう側から、それはない、とばかりに渋い顔をした。

「シスター・フィデルマ、あなたが訊かなくても、あの人たちはなにかしら理由をつけていい争いを始めてましたわ。出発してからこのかた、ブラザー・トーラがダハルとアダムレーの粗探しばかりしているのは事実ですもの」

シスター・アインダーが早速トーラを庇って嚙みついてきた。

「ブラザー・トーラを責めるのはお門違いです。あのかたは気高き人物で、この旅は崇高なる真実を追い求める巡礼の旅であると本気で考えておいでなのですよ」

「深遠なる理想を探求なさりたかったのなら、ブラザー・トーラは私たちの一行に加わるべきではありませんでしたわ」クレラがいい返した。

もし立ちあがった勢いで、船室の上の、ゆったりと揺れている甲板に飛び出してしまうなどということがあり得たならば、シスター・アインダーは間違いなくそうなっていただろう。最年少のシスター・ゴルモーンも立ちあがると、なにごとかもごもごと呟きながら出ていってしまった。

ウェンブリットは満面の笑みで片づけを始めた。いい大人の修道士や修道女たちが食事の席で喧嘩を始めたのが可笑《おか》しくてたまらなかったようだ。

シスター・クレラはしばらく無言で食事をつついていたが、やがて目をあげてフィデルマを見た。

「どうせアインダーは、近頃の若い人たちには敬意が足りないっていいたいんでしょうよ」と、つくり笑いを浮かべながらいう。

それが誰にともなく発した言葉だったのか、それとも自分が話しかけられたのか、フィデルマには測りかねた。そこで、とりあえずなにかしら返事をしてみることにした。

「私の師であったブレホンのモラン師がよくおっしゃっていました、若者は、自分より歳上の者と向き合うさいには、常に相手は老人なのだと思って接するがよい、と。つまりはそういうことなのでしょうが、若い時分にはそれがなかなかできないものです」

「敬意は自分の手で勝ち取るものであって、たかが数年長生きしているからといって、相手に無理やり押しつけていいものではないと思いますけれど、修道女殿」

クレラの真後ろに立っていたウェンブリットが、身体を屈めて皿を集めながら、フィデルマに向かって片目を瞑《つぶ》ってみせた。

第六章

フィデルマは静かに席を立つと、甲板昇降口《コンパニオンウエイ》に向かって歩きはじめた。

「フィデルマ、甲板へ行くなら俺も行く」キアンが背後から呼びかけ、立ちあがってあとをついてこようとした。

「私《わたくし》は客室に戻りますので」フィデルマはそっけなく答え、話したくないという態度を露骨にあらわした。そんなことをしても馬鹿げているのはわかっていた。どのみち、いずれ向き合わねばならないのに。

「だったらそこまで送ろう」彼女のあからさまな牽制をものともせず、キアンが答えた。

フィデルマは早足で昇降口へ向かい、主甲板にあがった。キアンは追いついてくると、彼女の腕に触れた。反射的にその手を振り払い、周囲を見まわして、誰にも見られていないのを確かめた。

くくっ、とキアンが小馬鹿にしたような低い笑い声をあげた。

「俺から永遠に逃げつづけようったってだめだ、フィデルマ」あまりにも聞きおぼえのある、あざ笑うような口調だった。

一瞬目が合い、やがてフィデルマのほうから目をそらした。まだ自分でもどうしていいかわからなかった。

「逃げる?」彼女は突っぱねた。「いったいなんの話かしら」

「きみのことだ、どうせあのときの別れかたについて、煮えくり返ったはらわたを後生大事に抱えてるんだろう?」

頬が紅潮しているのが自分でもわかった。蔑《さげす》むような辛辣《しんらつ》な言葉がフィデルマの胸に深く突き刺さった。

「それならもう、とうの昔に記憶の彼方に追いやりましたわ」とうそぶく。

キアンが皮肉な笑みを満面にひろげた。

「きみの反応を見ればそうでないことは一目瞭然だ。瞳に憎しみが宿ってる。憎悪というのは愛情なくしてはあり得ない。もとは同じだ。とにかく、あの頃はふたりとも若かった。若さというのは数多《あまた》の過《あやま》ちを犯すものさ」

よくもいけしゃあしゃあと、とフィデルマは思わず顔をあげ、彼の視線を見返していた。怒りがみるみるこみあげてきた。

「あなたは自分の心ないふるまいを、単なる若さで片づけるおつもり?」彼女は迫った。

キアンはじつに不遜だった。「ほら見ろ」といい返してきた。「そのことはとうの昔に記憶の彼方に追いやったんじゃないのかい」

「そうでしたとも、だけどあなたが蒸し返そうとしているんでしょう」彼女は答えた。「たとえあなたのいうとおりだったとしても、自分のふるまいについて私に弁解しようとしても無駄です。私は認めていませんし、今後も認めるつもりはありませんので」

キアンが片眉をあげた。「弁解？　なにか俺が弁解せねばならないようなことでも？」怒りがふたたび身体じゅうにこみあげてきて、にやにやと笑っている彼の頬を思いきり引っぱたいてやりたくてたまらなくなった。フィデルマは必死に抑えた。そんなことをしても馬鹿を見るだけだ。

「つまり、自分のふるまいを弁解する必要はまったくないと思ってらっしゃるのね？」

「若気の至りでやったことに、弁解もなにもないだろう」

「若気の至り？」フィデルマの瞳に危険な光が宿った。「私たちの関係は、あなたにとってその程度のものだったということ？」

「そのことじゃない。別れたときのことをいってるんだ。それ以外になにがあるというんだ？　いいかげんにしてくれよ、フィデルマ。おたがいにもう大人なんだし、そのぶん賢くもなった。過去は過去でいいじゃないか。諍《いさか》いはやめよう。俺たちがいがみ合う必要はない。この旅の間は、恨みつらみはなしにしようじゃないか」

「恨みもつらみもあるものですか。私たちの間にはいっさいなにもないのですから」フィデルマは冷ややかに答えた。

「まあまあ」キアンは宥《なだ》めすかすようにいった。「タラで出会った頃のように、また友人として仲良くやろうじゃないか」

「タラで出会った頃のようにだなんて、とんでもない！」彼女は身震いをした。「あなたと話すことはもうありません。若い頃のあなたは横柄で癪《しゃく》に障る人でしたけれど、今も歳を取ったわりには、中身は以前とまるで変わらないのですね」

返事をする隙も与えず、フィデルマはすぐさまくるりと踵《きびす》を返し、客用船室に向かって足早に去っていった。

横柄で癪に障る。そんな言葉も、彼女の感じた激しい怒りにくらべれば生温《なまぬる》く思えたし、ブレホンのモラン師の学問所から放校処分を受け、タラ近郊のちいさな宿屋に借りた部屋にひとりすわりこんで、キアンが来るのを待ちつづけていたあの心細い日々の屈辱感や悔しさにくらべればたいしたことがないように思えた。モラン師との面談ののち、彼女は学問所の寄宿舎を出た。ことの真相を知っているのはグリアンただひとりだった。フィデルマは、みずからの身に起こったできごとについて家族にすら知らせなかったからだ。彼女は狭い自室に引きこもるようになり、グリアンを除いては、家族からも友人たちからも距離を置いていた。

キアンは好きなときに来て好きなときに帰っていった。何日間も、ときには一週間以上も顔を見せないことすらあった。かと思えばふいにあらわれて一日二日泊まっていった。ある午後のこと、フィデルマの部屋で、彼女がふと寝物語に結婚を口にした。学問を犠牲にしたのはキアンのためだったし、急遽こうなってはしまったが、こんな生活を長く続けていくわけにもいかないのは自明だった。

隣に横たわるキアンのほうを向き、問いかけた。「永遠の愛を誓ってくださる?」

キアンは彼女を見おろして微笑んだ。常に変わらぬ、どこか皮肉めいた微笑みだった。

「永遠とはずいぶん気が長いな。せいぜい生きている間を楽しもうじゃないか」

だがフィデルマは真剣だった。「現在《いま》だけがよければいいと本気で思ってますの? それでは充実した、満足のいく人生計画が立てられないでしょう」

「俺たちが存在しているのはほかでもない現在だ」

キアンが人生哲学めいたことを口にするのをフィデルマは初めて聞いた。断固として受け入れるつもりはなかった。

「私たちが今いるのは確かに現在かもしれませんけれど、未来への責任も担っています。私は三年間の学業を修め、今年はスラー・ド・アイユ[1]の学位を取得して教師の資格を得る予定ですから、縁者のいるダロウの学問所の助教師になってもいいですし。ほかの学問所を当たって学位を取り直すという手もありますわね。結婚はそれからでも」

キアンは寝返りを打って彼女に背を向け、手を伸ばして葡萄《ぶどう》酒の杯を探り当てた。ひと口ぐっと飲み、静かにため息をつく。

「フィデルマ、きみは夢を見てばかりだな。いつも本ばかり読みふけって。それがなんになるというんだ？　頭でっかちとはまさにきみのことだ」まるで汚い言葉でも口にするようないいかただった。「本なんか捨ててしまえばいい。あんなもの、きみには必要ない」

「捨てる……？」驚きのあまり言葉も出なかった。

「本なんて、俺たちのようなふたりのためにあるものじゃない。幸福を踏みにじり、人生を踏みにじるしろものだ」

「冗談でしょう」フィデルマは抗った。

　キアンは冷ややかに肩をすくめた。「冗談なんかじゃないとも。本ってのは人間に根拠のない夢を与えて、あり得ない未来図だとか存在もしない過去だとかいう幻を見せるものだ。どのみち、俺はいずれ隊とともにティロンに戻って大王《ハイ・キング》ケラッハ(2)にお仕えすることになっている。結婚なんてことにかかずらってる暇はないし、そもそも身を固めるなんて甲斐性もない。きみはわかってくれてると思ってたんだがな。俺は所有されるのも束縛されるのも嫌いでね」

　フィデルマは勢いよく寝台から起きあがった。全身から血の気が引いていた。

「あなたを所有したいなんて思ってませんわ、キアン。一緒に未来を歩みたいといっているだけです。あなたとは……あなたとは分かち合えていると思っていました」

キアンは可笑《おか》しそうに笑い声をあげた。

「分かち合ってるじゃないか。こうして分かち合えるものをたがいに楽しめばいい。それ以上となると――こんな対句《カプレット》を知ってるか？　〝婚姻は監禁《ウエドロック・バドロック》〟」

「よくもそんな残酷なことを」フィデルマは思わず絶句した。

「現実を見るのが残酷だとでも？」キアンが詰め寄る。

「いわせてもらいますけど、キアン、意見の合うところがひとつも見つかりませんわ」

彼はせせら笑いを浮かべた。

「そりゃそうだろう。これ以上はっきりいえと？」

彼がこんなに残酷であるはずがなかった。いわれた言葉も信じられなかった。信じたくなかった。きっと芝居をしているだけだ――わざとらしい芝居を、と彼女は自分にいい聞かせた。彼は私を愛してくれている。これからも一緒にいられる。そうに決まっている、と。若きフィデルマはまだ青臭い自惚《うぬぼ》れを捨てきれず、自分の感情が正常な判断を経たものではないことを断固として認めることができなかった。

フィデルマはいつしか、狭い船首甲板の手すりに身体を預け、行く手に果てしなくひろがる海を見つめていた。思い出にどっぷりと浸っていて、どうやってここまで来たのかすら憶えていなかった。

肩に手を置かれて思わず飛びあがった。

「ムィラゲル？」低い男の声がした。

彼女は不審な顔で振り向いた。

若い修道士が立っていた。二十代半ばというところか、とすぐさま見て取った。薄毛気味の褐色の髪が風になびいている。頬を上気させ、子どもっぽい顔つきをしていて、そばかすがあり、瞳は焦茶色だった。彼女が振り向くと、彼は面喰らったように目をみはった。

「あっ……すみません」男はきまり悪そうに、もごもごと口ごもった。「シスター・ムィラゲルを探してまして。後ろ姿だったので、てっきり――その……」

フィデルマは、恥じ入っているこの若い修道士に助け船を出してやることにした。

「お気になさらないでくださいな、修道士殿。私がシスター・ムィラゲルを最後にお見かけしたのは下の客室です。船酔いで寝こんでいらっしゃると思いますよ。私はフィデルマといいます。お目にかかるのは初めてですね？」

若者はぺこりと頭をさげ、ぎごちない挨拶をした。

「モヴィルのブラザー・バーニャです。考えごとのお邪魔をしてしまって申しわけありません、修道女殿」

「むしろ邪魔していただいてありがたかったかもしれませんね」フィデルマはひとりごちた。

「は？」ブラザー・バーニャは拍子抜けしたようすだった。

「たいしたことではありません」彼女は答えた。「とりとめもないことを考えていただけですから。ところでもう具合はよいのですか？」

彼が眉根を寄せた。「具合？」

「昼食の席でお見かけしなかったのは、あなたも船酔いしていたからだと聞きましたが」

「え――ええ、そうなんです。気分はだいぶよくなりましたが、まだ本調子ではないので、食事をする気にはなれなくて」彼はつらそうに顔をしかめた。

「そういうかたは、あなただけではないようですよ」

「シスター・ムィラゲルはまだ客室に？」

「そうだと思います」

「ありがとうございます、修道女殿」そういうと、ブラザー・バーニャは不躾《ぶしつけ》に会話を打ち切り、船尾に向かって甲板を小走りに駆けていった。

その後ろ姿を見送りながら、フィデルマは心の中で肩をすくめた。巡礼仲間に対する第一印象は間違っていた、とあとで思えればよいのだが。今のところ、ともに旅する巡礼者たちよりもマラハッドや船員たちとのほうが気が合いそうな気がした。もし未来を視《み》る力があり、キアンが乗ることを知っていたなら、けっしてカオジロガン号には足を踏み入れなかったものを。

フィデルマは震えをこらえた。風が冷たくなってきた。海風が強さを増し、帆を打つ音が、家畜追いの鞭を振るう音さながらに鋭く響いている。彼女は、風に煽《あお》られて目にかかった髪をかきあげた。

「風が出てきたね?」

若々しい声に振り向いた。革のバケツを手にしたウェンブリットが通り過ぎざまに、にっと笑みを浮かべて声をかけてきたのだ。

「かなり強い風になってきました」彼女は答えた。

給仕係《キャビンボーイ》の少年は傍らへやってきた。

「そのうちひと荒れくるね」と漏らす。「つまり巡礼のお客さんの中から船乗りの素質のあるやつをふるい分けられるってわけだ」

「なぜ天候が崩れそうだとわかるのですか?」〝ひと荒れ〟というのはおそらく〝時化《しけ》の前触れ〟という意味だろうと思いきって見当をつけ、フィデルマは訊ねた。

ウェンブリットはふいと主帆《メインスル》のほうに首をかしげただけだったが、視線を追うと、帆が強風を受けて膨らみ、爆《は》ぜるような音をたてていた。すると少年が彼女の腕をぽんと叩き、北西の方角を指さした。振り向くと、彼のいわんとしていることがわかった。みるみる暗くなっていく水面《みなも》の向こうから、低く垂れこめた黒雲が近づきつつある。目を凝らしていると、まるで雲どうしが、この船へわれ先にたどり着こうとがむしゃらに競争しているかのように見えた。

「時化かしら？　危険では？」

ウェンブリットはさほど動じもせずに唇をすぼめた。

「危険じゃない時化なんてないよ」空が暗くなろうと自分には関係ないとでもいいたげに、彼は肩をすくめた。

「どう対処すればよいのです？」迫りくる不穏な光景にフィデルマは恐れをなした。少年はしばし彼女を見つめ、表情を崩した。口調が和らぐ。

「めざす方角と同じ向きに風が吹けば、マラハッドが逃げ切ってくれる。でも、念のため客室に戻ってたほうがいいよ、姫様。甲板下《した》におりて、ほかの人たちにも客室から出るなっていっとかなきゃ。一時間もしないうちにものすごい風になるだろうね。部屋の中の、固定されてないものや倒れそうなものはしっかり留《と》めとかないと怪我するよ」

フィデルマは下の客用船室に向かった。船旅なら幾度も経験してきたというのに、鼓動が速くなり呼吸も浅くなってきた。

ほぼウェンブリットの予報どおりになった。風はみるみる勢いを増し、海面が泡立ちはじめた。まるで巨大な犬の口にくわえられて振りまわされているかのように、船全体が上下左右に激しく揺れた。フィデルマはウェンブリットにいわれたとおりに、室内にあるものをひとつ残らず固定した。そして腰をおろし、迫りくる時化をじっと待った。ウェンブリットに前もって警告されてはいたものの、この船がどれほどの猛威に晒《さら》されるのかと考えるとフィデルマは居ても立ってもいられなかった。ふいに立ちあがって部屋を横切り、窓から主甲板を不安げに覗いた。だが外はほぼ真っ暗で、黒い雨雲が日中の陽光を覆い隠してしまっていた。

唸りをあげる風の音に交じってノックの音がし、船室のドアが開いた。窓枠にしがみついたまま勢いよく振り向くと、ウェンブリットがバランスを取りつつ戸枠に立っていた。彼は室内を見まわすと、すべてきちんと片づいているのを見て取り、満足げな笑みをフィデルマに向けた。

「一応見に来たよ、姫様」自然の猛威を前にしてもまるで動じていないようだ。「困ってることはない？」

「なんとか大丈夫そうです」フィデルマは答えた。向きを変えたとたん、足もとが傾いていたせいで身体を持っていかれ、ほぼ駆け足で転げるように寝棚のところまで戻ってしまった。

「時化の中に入ったよ」それはいわれなくてもわかっていた。「思ってたより強烈なんで、船長が今、舳先《へさき》の向きを変えようとして踏ん張ってるけど、かなり苦労してるみたいだ。まだしばらく荒れそうだから、ここでおとなしくしててよ。時化に慣れてない人が動きまわると危ないからさ。あとでなにか食べものを持ってくるよ。どうせ食堂室《メスデッキ》になんて誰も集まらないだろうし」

「ありがとう、ウェンブリット。あなたはとても気が回るのですね。私たちみな、たぶん時化の間は、食べものはなくても平気でしょう」

少年はまだ船室の入口でぐずぐずしていた。「なにか入り用なときは、伝言を寄越してくれればいいからさ」

この風変わりないいまわしの意味は、つまり用があれば呼びつけてくれ、ということだとフィデルマは解釈した。かぶりを振る。

「とんでもない。用があるときは自分であなたを探しに行きます」

「だめだよ」少年は頑として譲らなかった。「時化の間は客室から出ちゃだめだ。かならず船員の誰かにことづけて、間違っても甲板に出ようとなんてしないでくれよ。ここまで風がひどいときは、甲板の船員だって命綱をつけるんだから」

「よくわかりました」彼女はきっぱりといった。

少年は拳《こぶし》の裏を額に当てる、例の風変わりな船乗り流の挨拶をして去っていった。

まだ夕方だというのに、いつの間にこんなに寒く、そして暗くなったのだろう。手持ちぶさたで、ただ寝棚に腰をおろして毛布にくるまっているしかなかった。読書するにも暗すぎる。話し相手がいたらと思った。すると先ほどの猫が寝棚の上で丸くなり、自前の黒い毛にくるまれてぬくぬくと心地よさそうにしていた。フィデルマは片手を伸ばし、雄猫の頭を撫でた。猫は頭を持ちあげ、眠そうにまばたきをして彼女をじっと見つめると、ゴロゴロとちいさく喉を鳴らした。

「あなたはこういうお天気には慣れてるのかしら、ルッフチェルン？」彼女はいった。

猫は頭を伏せ、大きなあくびをしてまた寝てしまった。

「お喋りの相手はしてくれないのね」猫に不平をいうと、フィデルマはその傍らに自分も寝転がり、索具や帆の間を吹き抜ける風や荒波のたてる苦しげな轟《とどろ》きをなるべく聞くまいとした。なんとなく猫の耳の後ろを掻いてやると、猫はますます気持ちよさそうにゴロゴロと喉を鳴らした。ふと古い諺《ことわざ》が頭に浮かんだ。〝猫は男と同じでその気にさせるのがうまい〟

フィデルマは、またしてもキアンのことを考えていた。


寝棚の上でふと目が覚めたときも、風はまだ轟きをあげながらもの悲しく吹きすさび、船は激しく揺れていた。隣にいる猫の温もりが変わらず心地よかった。あのとき友人のグリアンを信じてさえいれば。キアンは軽薄な男だという彼女の警告に耳を傾けていれば。フィデルマはそうやって何年もの間、苦々しい思いと怒りを胸にしまってきた。だが今になってふと気づいた。ずっと抱《いだ》いていたこれらの思いはキアンに対するものだとばかり思いこんでいたが、じつはそうではなかったのだ。自分自身に対する怒りと苦々しさだ。フィデルマが腹を立てていた相手は自分自身であり、責めつづけていたのは、愚かでくだらない虚栄心を抱えた自分自身だったのだ。

さらに逆巻く風が、唸りをあげながら帆桁の間を吹き抜けて帆に当たる音がした。どこかから誰かの叫び声が遠くかすかに聞こえる。波に乗りあげては船体が持ちあがり、やがてがくんと落ちて、足もとの高波に沈んでいくような感覚をおぼえた。

まだ身体を丸めてぐっすりと眠りこみ、明らかに時化のことなど忘れているらしき〝鼠の王様〟を寝棚に残し、フィデルマは勢いよく起きあがった。とりあえず掴まれる場所に掴まりながら、どうにか窓辺にたどり着く。濡れそぼった亜麻布のカーテンを引いて外の甲板を覗いた。とたんに細かい波しぶきが顔を直撃した。足もとが急に傾いたせいですこしよろけながら、思わずまばたきをして片手で目を拭った。外は暗かった。すでに日は暮れており、すでに夜だ。空を見あげたが、月も星も気配すらなかった。雨を含んだ低い雲にすっぽりと覆われてしまったようだ。

もの悲しげな音をたてて吹きすさぶ風が横静索《シュラウド》を、そして木製の手すりを吹き抜けて海面を叩いているのが窓からの遠目でもわかった。波頭が白く浮きあがり、巻きあがる空気に振り乱されて白い泡をまき散らす。滝のような勢いで海水が頭上の甲板を流れていく。彼女のいる客用船室のある舳先側が波に持ちあげられ、艫《とも》よりも高い位置に来てしまったのだ。

大檣《メインマスト》のまわりでいくつかの黒い影がロープを引いていた。荒れ狂う風に立ち向かい、暴れ馬のごとき船そして激流のごとき海と闘いながら、大きな主帆を畳もうとしている男たちの影を見て、フィデルマは舌を巻いた。ふいに船体が荒波に持ちあげられ、横倒しになるのではというほど傾いた。いきなりほうり出されて身体が船室の壁に当たったが、フィデルマはとっさに窓枠を摑んで体勢を持ち直した。するとさらに大波が甲板を襲い、フィデルマは一瞬、船員たちがひとり残らず海中へさらわれてしまったのではないかと恐れたが、しぶきが収まると、波間からふたたび、ロープを固く握りしめた船員たちが姿をあらわした。

またしても船ががくんと大きく揺れ、フィデルマはふたたび格子を摑んでなんとかバランスを保った。手も足も出ないのが歯痒《はがゆ》かった。できることなら甲板に駆けあがって男たちを手伝いたかったし、それができないまでもなにかしら行動したかった。この自然の驚異に対して彼女はなにひとつ知識がなく、無力だった。だが自分にできることはなにもないとわかっていた。彼らは船乗りとして鍛えあげられ、海の扱いを心得た者たちだ。だが彼女はそうではない。フィデルマにできるのは、寝棚に戻りこの船が無事に時化を越えられるよう祈ることだけだった。

ふたたび亜麻布のカーテンを閉じて摑まりながら寝棚へ戻ろうとしたとき、鋭い叫び声が響きわたった。「総動員！　誰か手を貸してくれ！」

その声にぞっとした。思わず頭にかっと血がのぼり、フィデルマは客用船室の入口に向かうと、ドアをぐいと押し開けた。

ドアの外に黒い影があった。向かいの船室からちょうど出てきたように見えた。相手が誰なのか、とっさにはわからなかったが、時化の轟音《ごうおん》すらかき消すような、訛りのある怒鳴り声が頭上から降ってきた。

「戻ってろ、姫様。出たら危ねえぞ」

フィデルマはしかたなくドアを閉めると寝棚に戻り、すわるというよりもばったりと倒れこんだ。時化はまだ続いていた。寝棚の上でどれくらいそうしていただろう。奇妙にも、凄まじい暴風雨にしだいに眠気がさしてきた。考えごと以外にこれといってすることもなく、収まらない激しい揺れと、海の轟きと、もの悲しい風の音が一緒くたになってやがてひとつの音となり、フィデルマはいつしか朦朧《もうろう》としていた。ぼんやりとした頭を、またしてもキアンのことがかすめた。そうしているうち、彼女はいつしか眠りに落ちていった。

第七章

フィデルマが起床し、顔を洗って服に着替え、ちょうど髪をまとめ終わろうというところに、客用船室のドアをノックする音がした。

ブルトン人の船員、ガーヴァンだった。

「すんません、姫様」その呼びかたに気づき、フィデルマは内心でため息をついた。兄がモアン国王だということはどうやら船じゅうにひろまってしまったようだ。ガーヴァンは彼女の苛立った表情には気づかず、話を続けた。「すこし落ち着かれましたかね、なにかお困りじゃ?」

「ありがとう、大丈夫です」フィデルマは答え、そこでふと口ごもった。そういえば、時化《しけ》が収まりはじめた夜明け頃、なにかでふと目が覚めた。客用船室のドアが開き、誰かが中を覗きこんで、そのまま閉めていったような気がしたのだ。疲れはてて瞼《まぶた》もあがらず、そのまま寝入ってしまった。「もっと早い時間に、私《わたくし》に声をかけようとしましたか?」

「いんや、姫様」船員はきっぱりといった。「よろしけりゃ、もうじき朝食ですんで」彼は立ち去りかけて、ふと振り向いた。「時化のとき、戻ってろなんて怒鳴って、失礼だったらだ。すんませんでした」

では、一瞬動揺して甲板に向かいかけたとき、ドアの外にいたのはガーヴァンだったのだ。

「とんでもない。甲板に行こうとするなんて無茶でしたけれど、つい心配になって」

ガーヴァンははにかんだ笑みを浮かべると、片手を額に当てた。

「もうじき朝食ですんで、姫様」と繰り返す。

どうやらすこし寝過ごしてしまったようだ、とフィデルマは思った。

「わかりました。すぐ行きます」

船員は去っていった。向かいの船室のドアが開き、閉まる音が聞こえた。

客用船室を出ると、驚くべき光景がひろがっていた。まるで雲の中にいるようだ。真っ白な濃い霧がカオジロガン号をすっぽりと包んでいた。マストの先はかろうじて見えるが、艫《とも》に至ってはまったく見えない。フィデルマは、以前にもこのような光景に出くわしたことがあった。高い山にのぼれば、これと似たような霧がおりてくることは珍しくない。そういうときは、最も安全な下山道を知らないかぎり、足を止めて晴れるまで待つのが一番だ。

あたりは妙に静まり返り、舷側にひたひたと打ち寄せる波の音だけが響いていた。まるで炎から黙々とあがる煙のように、霧が大きくちいさく渦を巻いている。だが消える気配はまるでなく、どこか異様な雰囲気だった。フィデルマは立ちこめる霧を払おうとするように手を振ったが、霧はただそよぐばかりだった。

ガーヴァンがふいに自室からふたたび姿をあらわした。

「海霧ですな」と説明されたが、それは見ればわかった。「時化のあとはたいていこんなでさ。このあたりは海温が高いんで、時化の連れてくる冷気とぶつかるんじゃないですかね。怖がんなくても大丈夫ですんで」

「怖いわけではありません」フィデルマはきっぱりといった。「こういう霧なら以前にも見たことがあります。ゆうべの時化と立てつづけだったので驚いただけです」

「もうちょっと日が高くなって上空があったまれば、こんな霧なんか太陽がさっさと追い払ってくれまさあ」

ガーヴァンは彼女に背を向け、別の船員ふたりと話しはじめたが、このようにすっぽりと帳《とばり》に包まれたような中では、その相手が誰と誰なのかさっぱり見分けがつかなかった。彼らは甲板に胡座《あぐら》をかいてすわり、どうやら忙しく帆を繕っているようだ。

フィデルマは霧の立ちこめる甲板を、艫に向かって歩いていった。昨夜あれだけの荒天だったのに、驚いたことに今は穏やかな風が頬を撫でている。そよ風を受けて主帆《メインスル》がゆったりとはためき、鳥の羽ばたきに似た音が静寂の中に響いていた。船体はさほど揺れず、一面の霧に包まれて周囲は見えないが、海が凪《な》いでいるのはわかった。ぼんやりと見えるかぎりでは、時化による損傷はないようだ。船の見た目は変わっていなかった。

数フィート先も見えないような中を急ぎ足で歩いていたため、フィデルマは、法衣に身を包み、頭巾《ずきん》を深くかぶった修道士だか修道女だかと鉢合わせしてぶつかってしまった。相手が不平の声をあげた。

「ごめんなさい、修道女殿」それが修道女のひとりだとわかり、フィデルマは詫びた。相手にはなんとなく見おぼえがあった。

ところが思いがけないことに、相手は顔を背けたまま、ぶつぶつとなにごとか呟きながらそそくさと霧の向こうへ姿を消してしまった。あまりにも失礼な態度にフィデルマは呆気に取られ、挨拶をするという最低限の礼儀すら守れないとはいったいどこの誰だろう、と思わずにいられなかった。

そうこうするうち、マラハッド船長が目の前にあらわれた。船尾甲板から主甲板に続く木の階段をおりてくるところだった。船長はフィデルマの姿に気づくと、片手をあげて挨拶をした。

「奇妙な朝だな、姫様」そばまで来ると彼はいった。どうやら虫の居どころが悪いようだ。

「こんな景色、見たことがあるかね?」

「山の上では」彼女は頷いた。

「なるほど」マラハッドも相槌を打った。「だがじきに晴れるだろう。日が昇れば熱で霧は消える」甲板下に向かっていた彼の足は止まっていた。「〝ひと荒れ〟はなんとかやり過ごせたかね?」

「〝ひと荒れ〟？」口にしてから、それが船乗りの用語で〝時化〟を意味する言葉だと思いだした。「なんとか眠れました、疲れ切っていましたから」

マラハッドは深いため息をついた。

「まったくひどい荒れだった。おかげで半日ぶん以上針路をそれちまった。南東に押し流されたんで――予定よりだいぶ東にずれた」彼はどこか上の空で、憂鬱《ゆううつ》そうな表情を浮かべていた。

「そんなに困ることですか？」フィデルマは訊ねた。「船旅が一日やそこら延びたからといって、誰もたいして気にしないと思いますけれど」

「ところで……」船長が口ごもった。

その躊躇《ちゅうちょ》しているさまと、甲板下の人々のところへ足が向かないようすを見て、フィデルマは戸惑った。

「なにかあったのですか、マラハッド？」と問いただす。

「じつは……ひとり、乗客の行方がわからない」

フィデルマはぽかんと彼を見つめた。「行方がわからない？　巡礼者のひとりがですか？　どういうことです？」

「海に転落したようだ」簡潔な答えだった。

衝撃だった。

しばらくしてマラハッドがいい添えた。「時化の間、あんたには客室にいてもらってよかった、姫様。あれだけ海が荒れてたら、乗客は甲板になんか出るもんじゃない。今後は規則にも加えておく。船の上の人間が海に転落するなんて、俺の船じゃ前代未聞だ」

「誰です?」フィデルマは固唾《かたず》を呑み、訊ねた。「なぜそのようなことに?」

マラハッドは両肩をすくめてすとんと落とし、知らん、としぐさで示した。

「なぜそんなことが? こっちが教えてほしいくらいだ。なにせ誰も、なにひとつ見ていないんだからな」

「ではどうやってその人が海に落ちたと知ったのです?」

「ブラザー・キアンがそういっていた」

フィデルマは眉根を寄せた。

「キアンとなんの関係がありますの?」

「夜が明けてすぐ、彼が俺を訪ねてきた。どうやらあの御仁は、乗船してる巡礼者全員の責任者か——代弁者のつもりらしい」

フィデルマはふんと鼻を鳴らした。

「私の代弁をする権利は彼にはありませんから、どうかそのおつもりで」と硬い口調でいった。

マラハッドは気にも留《と》めず、続けた。「彼は時化のあと見まわり役を買って出て、全員が無事かどうかを確かめに行ったそうだ。あんたの客室も訪ねたといっていた」

「来ていませんが」

「失礼を承知で申しあげるがね、姫様」マラハッドが異を唱えた。「覗いてみたら、あんたは眠ってたそうだ」

では、あのときふと目が覚めたのはそのせいだったのか！　そっとドアを閉める音がした。泥足で踏み入られた気がして腹が立った。よりによってキアンが、眠っている隙に部屋を覗いてようすをうかがっていたなんて。

「続けてください」今後は、キアンが彼女の部屋においそれと近寄れないよう手を打たねば、とフィデルマは心に誓った。

「で、お仲間のひとりの姿が見えないのに気づいたらしい。客室がもぬけの殻《から》だ、といって俺のところへやってきたんで、ガーヴァンを呼んで船じゅうくまなく調べさせたんだが、やはりどこにも見当たらない。今、ガーヴァンをもう一度見まわりにやってる」

朝方ガーヴァンが部屋を訪ねてきて不思議に思ったが、そういうことだったのか。すると、フィデルマが彼のことを思い浮かべたせいで引き寄せられたとでもいうように、当のガーヴァンが、こちらに向かってきびきびと甲板を歩いてきた。

マラハッドは不安げな表情で彼を見つめた。船長の無言の質問に、航海士は首を横に振って答えた。

「船長《スキッパー》、舳先《へさき》から艫まで調べましたが、いませんな」どうやらガーヴァンは無駄口を叩かない性分とみえた。

マラハッドは暗い表情でフィデルマに向き直った。

「望みを賭けてたんだが。時化にびくついて、船内のどこかの穴蔵にでも隠れてるんじゃないかと」

フィデルマは憂鬱になった。あまり幸先のよい旅の始まりではない。まさかアードモアを出航した最初の晩に、巡礼仲間が海に転落して行方不明になるだなんて。

「誰です?」彼女は訊ねた。「いなくなったのは?」

「シスター・ムィラゲルだ。甲板下《した》へ行こう、みな朝食の席に集まってる。お仲間に残念な知らせを伝えねばならん。これ以上この船から行方不明者を出したくないんでね」

彼はガーヴァンに舵を任せ、甲板下へおりていった。船長のあとから階段をおりながら、フィデルマは愕然としていた。

昨日、シスター・ムィラゲルは寝棚から起きあがることすらできなかったはずだ。船酔いでひどく具合が悪そうだった。あれほど凄まじい時化のただ中に、蒼白な顔をした若い女性が誰にも気づかれず、客用船室をあとにして甲板へあがった末に海に転落したなどとは、どれだけ考えても衝撃的だった。

食堂室《メスデッキ》では、ウェンブリット少年が集まった巡礼者たちにパンと冷肉と果物の朝食を配っていた。ブラザー・バーニャが加わっていることにフィデルマはすぐに気づいた。彼女が腰をおろし、マラハッドもテーブルの末端の席につくと、場の雰囲気を読んでか、彼が言葉少なに小声で挨拶した。乗客たちが、失踪したシスター・ムィラゲルの話を今しがたまでしていたのは明らかだった。新しい知らせをマラハッドからまず引き出そうとしたのはキアンだった。船長は全員に向かって呼びかけた。

「たいへん申しあげにくいことだが、残念な知らせだ」彼は話しはじめた。「シスター・ムィラゲルがもうこの船上にいないことが明らかになった。船内は徹底的に捜索した。夜、時化のさなかに波にさらわれ、海に転落したとしかもはや考えられない」

テーブルを囲む人々の間に重苦しい静寂が漂った。やがて、修道女のひとりがすすり泣く声を押し殺すような音がしはじめた。顔の大きい、確かシスター・クレラという修道女だ。

「俺の船で乗客が行方不明になったことなど、これまで一度としてなかった」マラハッドは重々しい口調で続けた。「こんなことが二度とあってはならない。そこで今一度念を押しておく。万が一、また悪天候に襲われることがあったとしても、自分の客室、あるいは甲板下からけっして出ないでもらいたい。甲板に出ていいのは俺がはっきりと指示してからだ。むろん好天のときには甲板に出てかまわないが、その場合もかならず誰かしら船員の目の届く場所にいるように」

赤毛のブラザー・アダムレーが渋い顔をした。

「僕らは子どもじゃない、立派な大人だ、船長」といいはる。「船賃も払ってる、そんな窮《きゅう》屈《くつ》な思いをしなきゃならないなんて冗談じゃない……罪人じゃあるまいし」うまくいいあらわす言葉を探して、彼はふといいよどんだ。

キアンが助太刀に頷いた。

「ブラザー・アダムレーのいうことはもっともだ、船長」

「あんたがたは素人だ」マラハッドはそっけなくいい返した。「無闇に悪天候の甲板になど出たら命取りだ」

キアンの顔が怒りで真っ赤になった。

「ここにいる全員が、修道院の壁の内側でぬくぬくと過ごしてきたわけじゃない。俺は武人で、しかも――」

ブラザー・トーラが険しい顔つきでさえぎるように声をあげ、議論に割って入った。

「愚かとしかいいようのない小娘がひどい船酔いを起こし、ふさわしからぬときに無闇に甲板にあがり、その結果海に転落したからといって、われわれ全員が迷惑をこうむることはなかろうに？」

シスター・クレラが凄まじい怒声をあげた。弾《はじ》かれたように立ちあがり、テーブルに乗り出す。

「今の言葉を詫びてください、ブラザー・トーラ！　ムィラゲルは高貴な家柄の娘で、あなたがその手織りの褐色の法衣をまとっていらっしゃらなければ、本来はあなたのほうが、歩いてきたムィラゲルの傍らに控えて跪《ひざまず》くのが当たり前なのですよ。ムィラゲルは私の従姉妹で友人です。それをよくも侮辱しましたね」最後はわめき声だった。

長身のシスター・アインダーがすっくと立ちあがり、母親が子どもをあやすような耳慣れぬ声色で、さして難儀することもなくクレラを食卓から立たせて客用船室のほうへ連れていった。

ブラザー・トーラは自分が引き起こした騒ぎに、居心地悪そうにすわっていた。

「儂《わし》はただ、ブラザー・アダムレーのいうとおり、われわれは船賃を支払って来ているといいたかったのだ。儂らが命令に従わなかったらどうするのだね？」

「その場合、船長にはあなたがたを拘束する権利があります」フィデルマの口調はあくまでも穏やかだったが、その声はトーラの言葉にざわついている乗客たちの間に響きわたった。みな一斉に黙りこくり、彼女を見やった。

ブラザー・トーラがフィデルマに向かって眉をひそめた。彼女のものいいを生意気だと感じたらしく、明らかに不愉快な顔をしている。

「ほう――それはどのような権利だね？」彼は訊ねた。「しかもあんたがなぜそれを？」

フィデルマはその質問を受け流すかのように、マラハッドにちらりと視線を向けた。

「この船の持ち主はあなたですか、マラハッド？」

船長はぞんざいな頷きで答えたが、質問の意味は測りかねているようだった。

「船籍はどちらの港に？」

「アードモアだ」

「ではこの船は、どの点から鑑《かんが》みましても、アイルランドの法律に従うべき立場にあります」

「まあそうだろうな」フィデルマがなにを仄めかしているのか理解できず、マラハッドは気乗りしないようすで相槌を打った。

「つまりそれがブラザー・トーラの質問への答えです」本人のほうを見もせずに、フィデルマは説明した。

ブラザー・トーラは納得していなかった。

「それのどこが答えだ」

ここでようやくフィデルマは、にこりともせず彼に視線を向けた。

「まさしくこれが答えです。『ムィル・ブレハ』[1]、つまり『海に関する法律』が当てはまります」

ブラザー・トーラは面喰らったようすだったが、やがて見くだすような笑みを浮かべた。

「修道女殿が、そのような法律のなにをご存じだというのかね？」

フィデルマがため息をついて口を開きかけたとき、キアンが割って入った。

「彼女はドーリィー、つまり法廷弁護士だ。アンルーの資格も持っている」その声には皮肉がにじんでいた。

アンルーとは、聖職者団体および世俗の団体が与えることのできる最高位のたった一段階下の地位であることは、誰もが知るところだった。

キアンがそのことを公言して静まり返ったところに、シスター・アインダーが戻ってきた。

「クレラは休ませました」先ほどとは違う緊張感が漂っていることには気づいていないようだ。「彼女はシスター・ムィラゲルの近しい友人であり身内でもあります。ムィラゲルの死に激しい衝撃を受けているのです。そういう相手に心ないお言葉を浴びせる必要がございましたかしらね、ブラザー・トーラ」

ブラザー・トーラは渋い顔でキアンに向き直った。

「それでこちらの女性がなんだって？」

「こちらの〝キャシェルのフィデルマ〟は、大王《ハイ・キング》のおわすタラにまで名声を轟《とどろ》かすほどの法廷弁護士なのです」

「ほんとうなのかね？」疑わしげにトーラが問いただした。

「ほんとうだとも」マラハッドがきっぱりといった。「しかも、モアン王の妹御でもある」

トーラの頬がさっと赤く染まった。狼狽《ろうばい》を隠そうと俯《うつむ》いたまま、目の前のテーブルを凝視している。

身分についてはできれば触れずにいてほしかったのだが。フィデルマは居心地の悪い思いで、周囲の人々を見やった。

「私はただ、『ムィル・ブレハ』、つまり『海に関する法律』のもとでは、この船の船長であるマラハッドは王と変わらぬ立場にある、と申しあげているだけです。しかも、彼には王と同じく、さらに大きな力があります。というのも、彼にはブレホンの長《おさ》としての権限もあるからです。いいかえれば、彼はこの船に乗っている全員を統《す》べる立場にあります。全員をです。これで状況を明確にご説明できたはずですが。それともまだなにか質問がありますか？ブラザー・トーラ」

長身の修道士は視線をあげ、苛立たしげに彼女を見た。

「質問はない」彼は冷ややかに答えた。

フィデルマはマラハッドに向き直った。

「これで、あなたの定めた規則は厳しく遵守されることが保証されましたし、従わなければ罰せられるということを、ここにいる全員が承知しました」

マラハッドは申しわけなさそうな笑みを浮かべた。

「俺はただあんたがたの命を守りたいだけだ。今回の……シスター・ムィラゲルのような事故は起こってはならなかった」

「せめて……シスター・ムィラゲルの魂の平安をお祈りするために、私たちでささやかな礼拝を捧げてもかまいませんか、船長？」

マラハッドが一瞬、不快そうな顔をした。

「キリストの教えに従う者としては、それがふさわしいでしょう」シスター・アインダーが口添えし、フィデルマの助太刀に回った。

「いいだろう」マラハッドは口ごもった。「昼になれば霧も晴れるだろう、そのときにでもやるといい」

「感謝します、船長」

ウェンブリットが蜂蜜酒《ミード》と水を配りはじめると、マラハッドは出ていった。終始無言のまま食事は終わり、フィデルマは早々に甲板へ逃げ出した。霧はあいかわらず渦を巻きながら濃く立ちこめていて、昼になっても晴れることはなかった。


礼拝はじつに簡素なものだった。舵取り櫂《オール》を操るガーヴァンともうひとりの船員、さらに、霧に包まれた大檣《メインマスト》の先にのぼって空に晴れ間があらわれる瞬間を待ちかまえている姿の見えないもうひとりを除き、全員が主甲板に集まった。船が動いて危険に晒《さら》されることのないよう、マラハッドの命《めい》で帆を畳み、海錨《かいびょう》をおろしてからもうかなりの時間が経つ。だがそれにもかかわらず、波が船を運んでいくのがわかったし、マラハッドも不安げに、不測の事態に備えてあたりに目を配っていた。

ぼんやりと霞《かす》む霧に包まれて立ちつくす異様な集団は、まるで別世界に佇《たたず》む生霊たちのようだった。驚いたことに、シスター・ムィラゲルの魂の平安への祈りを先導したのはブラザー・トーラだった。彼の声が、まるで地下埋葬所で唱える祈りのごとくこだました。祈りを唱え終えると、彼は前口上を述べることなく詠唱を始めた。『ヱレミヤ記』だ。ずいぶん奇妙な選択だ、とフィデルマは思った。

「〝我らは其地《そのち》を去り、彼らはわが住家《すみか》を毀《こぼ》ちたり
婦《をんな》たちよ、ヱホバの言《ことば》をきけ
汝《なんぢ》らの耳に其口《そのくち》の言《ことば》をいれよ
汝《なんぢ》らの女《むすめ》に哭《なく》ことを教《をし》へ
おのおのその隣《となり》に哀《かなしみ》の歌を教《をし》ふべし
そは死のぼりてわれらの窓よりいり
我らの殿舎《やかた》に入《い》り
外にある諸子《こどもら》を絶《たや》し……〟（第九章十九〜二十一節）」

フィデルマはそこはかとなく戸惑いをおぼえながら、この不気味な修道士を見つめていた。魂の平安を祈る礼拝にふさわしいとは思えぬ耳障りな抑揚をつけていたからだ。ともに哀悼を捧げる人々をそっと見わたすと、シスター・ゴルモーンが、瞳をらんらんと輝かせて朗唱

のリズムに合わせて頷いているのが、渦巻く霧の中でもわかった。その隣にいるキアンは明らかに飽きているようすだ。それ以外の面々は無表情で、まるでブラザー・トーラが朗々と唱えあげる聖書の文句に、催眠術にかけられたかのごとく朦朧《もうろう》としているように見えた。

「〝人の屍《しかばね》は糞土《ふんど》のごとく田野《はたけ》に堕ちん
また収穫者《かりいるるもの》のうしろに残りて……〟（第九章二十二節）」

ブラザー・バーニャがいきなり大きく咳払いをした。詠唱をさえぎろうとしたのであり、じっさいにそうなった。

「われらが旅立ちし姉妹の魂のために、僕からも聖書のみことばを捧げます」ブラザー・トーラが口を閉ざすと、彼はいった。「彼女のことは、ここにお集まりのみなさんと同じくらいには知っていますので」

反対する者はいなかった。

ブラザー・バーニャが暗唱を始めた。顔をあげて険しい表情を浮かべ、まるで誰かに投げつけるかのように、その聖書の言葉を唱じている。彼は輪の反対側に視線を注いでいた。いまだ霧が深く、フィデルマのいる場所からでは、バーニャが誰を睨んでいるのかはっきりとはわからなかった。目を伏せて立っているシスター・クレラだろうか。それとも退屈そうに空を仰いでいるキアンだろうか？ キアンの隣には若くて初心《うぶ》なシスター・ゴルモーンもいた。ブラザー・バーニャの視線の先を追うのは難しかった。

「〝我なんぢらのむすめ淫行《いんかう》をなせども罰せず
なんぢらの児婦《このつま》かんいんをおこなへども刑《つみ》せじ
其《そ》はなんぢらもみづから離れゆきて妓女《あそびめ》とともに居《を》り
淫婦《たはれめ》とともに献物《ささげもの》をそなふればなり
悟らざる民はほろぶべし……〟（『ホセア書』第四章十四節）」

シスター・クレラがふいに顔をあげた。

「その文句のどこが、シスター・ムィラゲルと関係があるんです？」と、激しい口調で問いつめる。「ムィラゲルのことなんてなにも知らないくせに！ 嫉妬してただけでしょう！」

そして、ふいの中断に面喰らっているようすのシスター・アインダーを振り向いた。「茶番劇はもうやめましょう。お祈りをして締めくくりとしましょう」

ばつの悪さに、参加していた船員たちはすでに黙ってその場を去っていた。このささやかな追悼の儀式において、いったい、いかなる秘めた感情が晒されていたのだろう、とフィデルマは思った。

シスター・アインダーが頬を紅潮させ、祈りの言葉を短く唱えると、修道士と修道女たちの集団はちりぢりになった。ブラザー・バーニャだけが、無言の祈りを捧げているかのように、その場に深く頭を垂れたまま立ちつくしていた。

フィデルマがくるりと振り向くと、そこにはマラハッドがいた。わけがわからないという顔だ。

「修道士様と修道女様がたにしてはずいぶん風変わりな集団ですな、姫様」と呟く。

フィデルマも思わず同意したくなった。

「最後の〝淫婦〟のくだりはいったいなんだったんだね？」マラハッドが続けた。「あんなのがほんとうにキリスト教の聖書の文句にあるのか？」

「『ホセア書』です」フィデルマはきっぱりといい、悲しげに顔をしかめた。「ブラザー・バーニャが引用したのは第四章だと思います」

「〝彼らは大《おほい》なるにしたがひてますます我に罪を犯《をか》せば
　我かれらの栄《さかえ》を辱《はぢ》に変《かへ》ん
　彼らはわが民の罪をくらひ
　心をかたむけてその罪ををかすを願へり
　このゆゑに民の遇《あ》ふところは祭司もまた同じ……〟（第四章七〜九節）」

マラハッドは舌を巻いて彼女を見つめた。

「これまでに会った修道士様や修道女様の幾人かにもぜひ聞かせてやりたい文句だな」

「そもそもこの文句を初めに口にされたのは神だと思います、船長」彼女は真面目な顔になり、ふたたび話しはじめた。

「いったいどうやって憶えるんだね、姫様？」

「そうおっしゃるならあなたこそ、風や潮の満ち引きやさまざまな兆しを読み取り、カオジロガン号を危険から守りながらこの船を操る方法を、いったいどうやって憶えたのです？　秘伝のわざなどありません、マラハッド。誰にも記憶力はあり、ものごとを憶えることができるのです。重要なのは、知り得たことを足場としてどれだけ行動できるかということです」

水をすこしもらおうと、フィデルマは甲板昇降口《コンパニオンウェイ》をおりて食堂室に戻った。すると入口にウェンブリットがいた。礼拝の間は、彼は仕事があるからといって甲板には姿を見せていなかった。フィデルマはふと、少年が真っ青な顔をしており、ひどく緊張した表情を浮かべていることに気づいた。フィデルマの顔を見ると、彼は安堵の表情を浮かべた。

「姫様、あの――」ふいに口ごもり、彼女の頭の向こう側に目を泳がせる。

フィデルマは怪訝《けげん》な顔で少年を見た。

「どうかしましたか、ウェンブリット？」

「ええと……」どこか上の空だ。「正午の食事の時間がもうすぐだから、知らせようと思って」

そういうと少年は彼女の傍らをすり抜けて客用船室のほうへ向かったが、すれ違いざまに、かろうじて聞き取れるほどの低い声で、いった。

「亡くなった修道女様が使ってた客室に来て。できるだけ早く」

頭上から咳払いが降ってきた。顔をあげると、フィデルマのあとからキアンが甲板昇降口をおりてきていた。数段上のあたりで、壁に背をもたせかけて立っている。

「ちゃんと話をしようじゃないか、フィデルマ」あいかわらず自信満々の笑みだ。「まだ昨日の話が終わってない」

フィデルマは怒りを隠そうと、くるりと背を向けた。ウェンブリットになにか急ぎの話、しかもキアンには聞かれたくない話があるらしいのは明らかだった。

「急いでますので」にべもなくいい放つ。

そんな態度を取られても、キアンはどこ吹く風だった。

「どうせ俺と話すのが怖いんだろう?」

フィデルマは嫌悪感まる出しで彼を見据えた。逃げ場はなさそうだった。これ以上あとまわしにはできそうにない。遅かれ早かれ、いずれ彼とは話し合わねばならないと彼女にもわかっていた。それならさっさと済ませてしまおう。船旅はまだ何日も続くのだ。ウェンブリットの知らせが、多少は先送りにしても差し支えないものであることを祈った。彼女は記憶をたぐり寄せはじめた。

第八章

　フィデルマに知らせる役目はグリアンに託された。友人の滞在する宿屋を訪ねると、グリアンはノックもせずに部屋に入った。フィデルマは寝台に寝転がり、天井を見つめていた。その姿を見てグリアンは不愉快そうに眉根を寄せた。

「またお説教なら聞きたくないわ」グリアンが口を開く間もなく、フィデルマが喧嘩腰にいった。

　グリアンは寝台に腰をおろした。

「あなたがいなくなってみんな寂しがってるのよ、フィデルマ。あなたのそんな姿見たくないわ」

　フィデルマはますますふてくされて顔をしかめた。

「私《わたくし》が学問所に行けないのは私のせいじゃないわ」といい返す。「私の人生に口出しなさったのはモラン先生よ。先生が私を放校処分にしたんだもの」

「よかれと思われてのことだわ」

「大きなお世話よ」

「先生は、そうは思ってらっしゃらないわ」

「私は先生の私生活に口を出したりしないもの。あちらもそうするべきだわ」

グリアンは悲しそうな顔をした。

「フィデルマ、私、今までのことに責任を感じてるの。私が馬鹿なことをしたばっかりに……」

「私をキアンに引き合わせたからって、あなたが私になにかいう権利があるだなんてわざわざいわなくても結構よ」フィデルマはぴしゃりといい返した。

「そんなことといってないじゃない。責任を感じてるっていっただけよ。私のしたことであなたの人生を台無しにしてしまったんじゃないか、って。私、そんなの耐えられないわ」

「私の勉学を台無しにしたのはモラン先生で、あなたじゃないわ」

「でもキアンは――」

「キアンの噂ならもうたくさん。彼がたまに未熟なことをしてしまうのは知ってるけど、悪気はないのよ。そのうち直るでしょう」

グリアンはしばらく黙っていたが、やがてゆっくりと口を開いた。「あなたはよくパブリリウス・シーラス[1]を引用するでしょう。〝怒っている恋人は、みずからに対してすら多くの嘘をつく〟彼はそういっていなかった？　男もそうだけど女も同じじゃないかしら。恋人たちというものには、求めているものは見えていても、ほんとうに必要なものは見えていないのよ。あなたにとってキアンは必要ではないし、キアンにとってあなたは求めるものじゃない」

フィデルマはかっとなり、寝台から勢いよく起きあがろうとしたが、グリアンが両手を伸ばして彼女を枕に押し戻した。友人にこんな腕力があるとはフィデルマも初めて知った。

「たとえこれが私たちの最後の会話になるとしても、これだけはよく聞いてちょうだい。あなたのためを思っていってるの、フィデルマ。今朝、キアンは大王《ハイ・キング》の家令の娘ウーナと結婚して、ケネル・ヨーイン家（北イー・ネール家の分家）で暮らすためにアイレック（アイルランド北西部、現在のドニゴール地方の小国王）へ発《た》ったわ」

さえぎる暇もなく、グリアンは一気にまくし立てた。

フィデルマはしばらくじっとグリアンを見つめていた。すべてが死に絶えたような静寂が漂う中、言葉の意味がすこしずつ染みこんでいった。やがてフィデルマの表情が、まるで石になっていくかのようにみるみる硬くなった。

グリアンは友人がなにかいうのを、あるいはなんらかの反応を示すのを待ったが、そうはならなかったので、さらに言葉を継いだ。「あなたにはそれとなく話してたつもりよ。ほんとは知ってたんでしょう。気づいてたんでしょう……？」

現実からぷつりと切り離されたようだった。まるで冷水に沈んでいくような気分だ。フィデルマは声も出せずに呆然としていた。確かにグリアンにはそんな話をされたが、万が一そうした事実が発覚したとしても自分は信じなかっただろうし――それどころか――そんなことがあるわけがないと目をそらしてきた。必死で自分に嘘をついては、あり得ないと自分にいい聞かせてきた。胸に渦巻くいくつもの思いのうちのひとつを、フィデルマはようやく口にした。

「出ていって。ひとりにしてちょうだい」激情に声がひび割れた。

グリアンが不安げに彼女を見つめた。「フィデルマ、わかってるでしょうけど……」

次の瞬間、フィデルマは友人に飛びかかり、泣きわめきながら両手を振りまわして相手を殴り、引っ掻いた。グリアンにトゥリッド・スキアギッド(2)――〝防衛による護身術〟――の嗜《たしな》みがなければ、ひどい怪我を負っていただろう。じつは、グリアンはこの術の達人だった。この護身術は、何世紀も前にアイルランド五王国の識者たちが盗人や追い剝ぎから身を守るための術として編み出されたものだった。識者たちは武器を持ち歩くことをよしとしなかったため、護身のために別の方法を考案する必要にかられた。やがて大勢の宣教師たちがこの術を取得したうえで、国をまたいで旅をするようになった。

怒って手のつけられないフィデルマを落ち着かせるのに、グリアンはさほど苦労しなかった。闇雲に暴れているだけの人間はそのうち勝手におとなしくなるものだからだ。ほどなくフィデルマはグリアンの手でうつ伏せに押さえつけられ、ぐったりとなった。

すると宿屋の主人が、今の凄まじい物音はなにごとか、ほかの客の迷惑だ、と怒鳴りこんできた。飛びこんできたとたん、割れたポットや壊れた椅子に気づいて目を剝く。いずれもみな、フィデルマが友人に組み伏せられるまでに哀れにも犠牲になったものたちだった。

グリアンは、出ていてください、壊れたものはみんな弁償しますから、とだけ叫んだ。

そしてそのまま長いこと、フィデルマの身体から戦意が失われ、激昂《げっこう》が収まって、緊張が解けて筋肉から力が抜けるまで、ただじっと彼女を押さえつけていた。

やがてフィデルマが観念した声でいった。「わかったわ、グリアン。離して」

グリアンがしぶしぶながら手を離し、フィデルマは起きあがった。

「しばらくひとりにしておいて」

グリアンが探るような視線を向けた。

「大丈夫よ」フィデルマは落ち着いた声でいった。「馬鹿なことはもう絶対しないから。あなたは寄宿舎に戻ってて」

それでもグリアンは彼女をひとりにするのが不安なようすだった。

「行って」涙声になりながら、フィデルマはいいはった。「約束したんだから――それでいいでしょう?」

激情は収まったようだった。グリアンは立ちあがった。

「フィデルマ、あなたにはみんながついてるわ」彼女はいった。

フィデルマがブレホンのモラン師の学問所に戻ったときにはひと月以上が過ぎていた。顔を見たとたんに、彼女が目頭と口もとに皺《しわ》が寄るほどきりりと顔を引き締めているのがわかった。かつての浮ついたフィデルマはどこにもいなかった。

「そのほうにふさわしいアイスキュロス（ギリシアの悲劇詩人）の言葉を知っておるかね、フィデルマ？」彼女を部屋に通すと、ブレホンの師は前置きなしに問いかけた。

彼女は師をぽかんと見つめたまま、返事をしなかった。

「"神々のほかに、いったい誰が、つつがなく煩《わずら》いのない一生を送れようか？"（『オレスティア』）」

フィデルマはしばらく無言だった。やがて、老師の言葉には答えずに、いった。

「勉学に戻りたいのです」

「儂《わし》としては、そうしてくれればなによりだ」

「戻らせていただけますか？」彼女は静かな声で訊ねた。

「そのほうに戻れぬ理由があるのかね、フィデルマ？」

フィデルマは本来の彼女らしい、果敢な表情で顎をくいとあげた。そしてきっぱりと答えた。「ありません」

老師は切なげに、ともすれば聞こえないほどのかすかなため息をついた。

「苦々しき思いを抱えていたとて、勉学はそれを癒やす砂糖にはなり得ぬぞ」

「われわれは苦悩することで学ぶのだ、といにしえの吟唱詩人《バード》たちはいっておりませんでしたか?」彼女は答えた。

「まさにそのとおりだが、儂の経験上、苦しんだ者は、かつての苦悩をあまりにも重く受け止めすぎるか、あるいはあまりにも軽く受け止めすぎるかのどちらかに偏りがちだ。そのほうが、心の痛みを重く受け止めすぎているのではないかと儂は危惧しているのだ、フィデルマ。戻るならば勉学に集中し、みずからが苦しんだかつての誤った道に立ち戻ることはけっして許されぬ」

彼女は口もとを固く結んだ。

「ご心配いりません、モラン先生。今後は勉学にすべてを注ぎます」

そしてフィデルマはそのとおりにした。年月は飛ぶように過ぎていった。彼女は学位を取得し、八年間の勉学を修了して、ブレホンのモラン師の輩出した中で最も優秀な生徒となった。みずからの生徒を褒めることはめったにないモラン師がそのように認めたのだ。だが、最初に彼の学問所の門を叩いた頃の無垢な少女はもうどこにもいなかった。むろん永遠に若く純粋でいることは誰にもできないが、フィデルマの性格がわずかながら変わってしまったことに、モラン老師は一抹の切なさをおぼえた。喜びに満ちるべきだった場所に哀しみが巣くってしまったのだ。

それ以降、かつての屈託のないフィデルマが戻ってくることはなかった。キアンに捨てられて感情を踏みにじられ心に影がさしていたが、やがて時の流れに痛みも薄れた。とはいえあのときのことを忘れたことは一度もなく、ほんとうは完全に立ち直ってもいなかった。かつて苦しんだ経験が、フィデルマの心に深い傷と不信感を残していた。ひょっとすると、そうして猜疑心や探究心旺盛な行動力を身につけたおかげで、優れたドーリィーになれたのかもしれなかった。占い棒で水脈を的確に探し当てる者のごとく、相手の嘘をたやすく見破る術《すべ》さえ得た。

腹立たしい思いとともに、フィデルマは現在に戻ってきた。

「わかりました、キアン」きっぱりという。「では話しましょう、あなたがそうしたいのであれば」

彼女はわざわざその場を動くつもりも、キアンを寛《くつろ》いだ気分にさせてやるつもりもなかった。キアンはできれば自分がこの場を仕切り、階段をおりて彼女を食堂室《メスデッキ》へ連れていき、すわって話をさせたいようだったが、フィデルマは頑としてその場にとどまったまま、彼の前に立ちはだかっていた。ふたりは向かい合う客用船室に挟まれた細い廊下におり、フィデルマはドアを背にしていた。

「いったい何年ぶりだろう、フィデルマ」キアンが口を切った。

「十年ちょうどです」ぴしゃりといい放つ。

「十年？　それだけの間に、きみの名はすっかり有名な名前のひとつに数えあげられてしまったな。つまりきみは、ブレホンのモラン師のもとに戻って勉学を続けたわけか」

「ええ、そうですとも。すべての機会をみすみす失うところでしたのに、学問所に戻るよう許していただけたのですから、私は恵まれていました」

「きみは法律の道に進むより、教師になりたいのかと思っていたよ」

「若い時分はやりたいことが山ほどありました。人生ががらりと変わって、自分には真実をひた隠しにしようとする人たちの嘘を暴く才能があると気づいたのです。不愉快な経験のおかげで培った素質ですわ」

含みのあるいいかたにもキアンは反応しなかった。当てつけにも気づかぬそぶりでわざと上の空を装い、笑みを浮かべている。

「きみが成功した人生を送っていて嬉しいよ、フィデルマ。俺などくらべものにならない」

そこからさらに話がひろがるのかとしばし待ったのち、フィデルマは辛辣《しんらつ》な口調でいった。

「私は驚きましたわ、まさかあなたがかつての職業を捨てて信仰生活を送っていらっしゃるだなんて。わが国のあらゆる職業の中でも、修道士という仕事なんて、あなたの性格には最も合わないんじゃありませんこと?」

キアンが笑い声をあげた。耳障りのする、不機嫌そうな笑い声だった。

「痛いところを突いてくれるね、フィデルマ。俺は好きで転職したわけじゃない」

彼女は黙って、彼がわけを話すのを待った。

するとキアンが左手を伸ばして自分の右手を取り、持ちあげた。まるで右腕自体には力が入らないとでもいうように。支えていた左手を離すと、彼の右腕はだらりと力なくさがった。彼がふたたび笑い声をあげた。

「隻腕《せきわん》の武人が、大王の警護団にいてなんの役に立つ？」

これまで気にも留《と》めていなかったが、そういえば確かに、再会してからのキアンはずっと右腕をだらりと脇へさげたままで、なにをするにも左手を用いていた。そんなことにすら気づかないなんて、私はなんと視野が狭くなっていたのだろう？　鋭い観察眼を持っているなどと自負しておきながら、キアンが片手しか使えないことに今の今まで気づかずにいたとは。優秀なドーリィーが聞いて呆れるわね！　憎らしさのあまり、十年前のタラでの姿でしかキアンのことを見ていなかった。現在《いま》のキアンなど見えていなかった。いわれてみれば、彼の右腕はずっと法衣の内側に入ったままだ。とたんに同情の念がこみあげてきて、フィデルマはわれ知らず手を伸ばし、彼の腕に触れそうになった。

「それは――」

「お気の毒に、って？」嚙みつくように彼がさえぎった。「別に誰にも気の毒がってなどほしくはないがね！」

フィデルマは黙って目を伏せた。彼女の態度はキアンの癇《かん》に障ったようだった。

「まさか、武人ならば怪我をするのは当たり前だ、そういう職業なのだからしかたない、なんていうつもりじゃないだろうな？」と鼻を鳴らす。

その声ににじむ自虐的で愚痴《ぐち》っぽい響きに、フィデルマは呆れ返った。とたんに気持ちが冷め、先ほどちらりと感じた同情の念も、あらわれたときと同じように一瞬で消え失せた。

「なぜです？　そういって慰めてほしかったのですか？」彼女はいい返した。

そのいいかたがキアンの逆鱗《げきりん》に触れた。

「俺たちに汚れ仕事をさせておいて、用が済めばほうり出す類の連中にもさんざんそういわれたよ」

「戦《いくさ》で負傷したのですか？」

「右の上腕部に矢を受けて、筋肉が断裂して腕が使いものにならなくなった」

「いつのことです？」

「五年ほど前だ。大王とラーハン王の国境紛争でのことだった。俺は、警護団団員たちの手でアーマーの慈善院に運ばれて手当てを受けた。武人としては今後役に立たないだろうとほどなく判明したので、傷がじゅうぶんに癒えたところでバンゴア修道院にほうりこまれたというわけだ」キアンが不本意なのは明らかだった。

「ほうりこまれた？」フィデルマは訊ねた。

「ほかに行く場所がどこにある？　片腕しか使えないやつが――なんの仕事につけと？」

「治らないのですか？　トゥアム・ブラッカーン(3)には優秀な薬師《くすし》が何人かいらっしゃるでし

ょう」

キアンは無愛想にかぶりを振った。

「あそこの薬師どもは昔も今もまるで役に立ちゃしない。俺はしかたなく、修道院で片腕でもできる下働きのような仕事を数年間していた」

「別の薬師には診せなかったのですか？」

「じつをいえば、それが旅の目的なんだ」彼は白状した。「イベリアに、モーモヘックという名の薬師がいるそうだ。聖ヤコブ大聖堂の近くに住んでいるらしい」

「そのモーモヘックに診てもらうおつもり？」

「聖人たちを祀《まつ》った寺院や霊廟ならアイルランド五王国に腐るほどあるから、わざわざ海を渡ってそういったものを見に行く気はないね。ああ、俺はモーモヘックを訪ねるつもりで来た。俺にとって、これは現実的な生活に戻る最後のチャンスなんだ」

フィデルマは軽く眉をあげた。「現実的な生活？ つまり神に仕えるという今の仕事は、あなたにとって現実的な生活ではないということですのね？」

キアンは皮肉っぽく大きな笑い声をあげた。

「きみならわかるだろう、フィデルマ。俺のことはよく知ってるはずだ。俺がでっぷりと太った修道士になって、賛美歌を歌いながら、生涯、いや余生を、修道院の壁の内側に閉じこめられたまま過ごす姿なんて想像できるか？」

「奥方はなんと？」

キアンが戸惑いの表情を浮かべた。

「奥方？」

「確か、アイレックで王の家令の娘御とご結婚されたのでしょう。ウーナとおっしゃったかしら。タラでひとこともなく私のもとを去ったのはそのためだったのではないのですか？」

「ウーナ？」キアンは苦虫を嚙み潰したような顔をした。「俺の傷は一生治らない、生涯不自由なままだと薬師どもに告げられたとたん、ウーナには離縁されたよ」

フィデルマは、意地の悪い笑みが思わず顔に浮かびかけるのを懸命に抑えた。私的な感情で他人の不幸にずけずけと立ち入るのは申しわけなかったが、自分はまだ十年前のできごとに囚われたままだったからだ。

「それはさぞかし衝撃的だったでしょうね……なにしろ、自分が処方した薬を自分で飲むはめになったのですから」言葉が勝手に口からあふれ出た。

ところがキアンはなにやら考えこんでおり、フィデルマの精一杯の嫌味も、肝心な部分はまるで聞いていなかった。

「衝撃的か。確かにな！　あんな、金目当ての間抜けな女！」

口汚い言葉をフィデルマがたしなめた。

「すでに離婚が成立していますからよろしいでしょうけれど、キアン、今の言葉は、『カイン・ラーナムナ〔婚姻に関する定め〕』(4) に諮《はか》れば、妻が夫に離婚を申し立てる根拠となり得ます」と遠慮がちに指摘する。

キアンは怯《ひる》みもしなかった。

「あの女にいいたいことはまだまだいくらでもあるが、いうだけ時間の無駄だ」

「子どもはいたのですか？」

「いるものか！」彼はいい放った。「俺のせいで子どもができないからとあいつのほうから離縁を叩きつけてきたが、じっさいはどうあれ、どうせあの女は、贅沢させてくれなくなった男とは暮らしたくなくなったんだろうよ」

「あなたに不妊の原因があると奥方が訴えたのですか？」

夫側に生殖能力が欠如している場合、それが離婚理由になり得ることをフィデルマもよく知っていた。夫が不能であるという申し立てがあれば離婚は認められる、と法律に定められているのだ。あの、常に雄々しき自分を鼻にかけていた、まさに男そのもの、という女たらしのキアンが、まさかそのことで訴えられたとは、にわかには信じがたかった。とはいえ、彼がよりによってその理由で離婚を突きつけられるはめになったのは、どこか皮肉にも思えた。

「俺に能力がないわけじゃない。子どもはいらないといったのはあいつのほうだ」キアンは声に怒りをにじませた。

「ですが奥方の告発を立証するべく、法廷にて証拠が求められ、調査がおこなわれたはずですね？」

合法的な理由以外で妻のもとを去る夫たちに対してと同様、正当な理由なく夫のもとを去ろうとする妻たちに対しても、法律においてひじょうに厳格な方針が貫かれていることは、フィデルマもよく承知していた。正当な理由に基づく証拠を提示できぬ妻には〝結婚の法からの逃亡者〟というレッテルが貼られ、誤りを正すまで、社会における権利の数々を失うこととなる。

キアンが、喰いしばった歯の隙間から音をたてて息を吹いた。ふと目を伏せたしぐさを見て、証拠がなければ法廷がそのような裁定をくだすわけがないとフィデルマは悟った。あたかも最後の最後にキアンに天罰がくだされたかのようだった。師であるブレホンのモラン師はなんといっていた？〝悪事と正義、罪深き者にとってどちらが耐えがたいか。それは正義だ〟そういっていたではないか。

「とにかく」過去の亡霊を振り払うかのように身体を揺すり、キアンは続けた。「再会できるなんて運命の女神に感謝だな、フィデルマ」

彼女は意地の悪い表情で唇を尖らせた。

「よくそんなことがいえますね、キアン？　初心《うぶ》な娘の心に苦痛を与えつづけたことを、それで今さら埋め合わせられるとでも？」

彼は満面に笑みを浮かべた。思いだすだけで無性に腹の立つ、見おぼえのある微笑みだった。

「苦痛？　俺はいつだってきみに夢中だったし、きみに惹かれていたよ、フィデルマ。昔のことは水に流そうじゃないか。俺は精一杯尽くしたつもりだったんだが。船旅はまだ長いことだし……」

いいくるめようとするキアンに、フィデルマはふいに寒気をおぼえた。思わず数歩あとずさる。

「これ以上話すことはありません、キアン」彼女は冷たい声で答えた。

相手を押しのけて脇をすり抜けようとしたが、キアンが左手で腕を摑んできた。その握る手の強さにフィデルマは驚いた。

「待てよ、フィデルマ」彼は喰いさがった。「ほんとうはまだ俺のことが好きなんだろう、でなきゃそんなに感情的になるはずがない。目を見ればわかる、きみは……」

キアンは動くほうの手で彼女を引き寄せようとした。フィデルマは片足を踏みしめると、彼の向こう脛《ずね》を思いきり蹴飛ばした。キアンは顔をしかめ、悪態をつきつつ手を離した。

フィデルマは顔いっぱいに嫌悪の表情を浮かべた。

「哀れなものですね、キアン。あなたのしたことを船長に報告してもかまわないのですけれど、そのかわりにチャンスをさしあげます。これからこの船で過ごさねばならない間は、私には近づかないでください。あなたのその、惨めでしみったれた姿を私の視界に入れないで」

キアンがそのとおりにするのすら待たず、フィデルマは乱暴に彼を押しのけると、ウェンブリットを探しに行った。船尾側の、客用船室どうしをつなぐ短い廊下には誰もいなかった。シスター・ムィラゲルが使っていた客室の前で、フィデルマはふと立ち止まった。ドアがわずかに開いており、室内から物音がする。彼女はほんのすこしだけドアを押し開け、暗がりに向かって小声で呼びかけた。

「ウェンブリット？　そこにいるのですか？」

室内でガサガサという物音がして、光が揺らめいた。ウェンブリットがランタンの芯の炎を調節し、部屋の中が明るくなった。フィデルマはほっとため息をついて客用船室に入ると、背中でドアを閉めた。

「そんな暗がりでいったいなにをしているのです？」と問いつめる。

「待ってたんだ」

「どうして」

「朝食のときにみんなが噂してるのを聞いたんだ、姫様が謎解きの名人だって。お国の法廷のドーリィーだっていうのはほんとなの？」

「ええ、ほんとうです」

「ここにある謎を解いてほしいんだ、姫様」少年の声には、必死に押し殺した興奮と、もうひとつ――怖いもの見たさといってもいいような、好奇心をにじませた緊張がみなぎっていた。

「なにがどういうことなのか、最初から説明してもらえるかしら、ウェンブリット」

「ええと、この客室を使ってた修道女様――シスター・ムィラゲルのことなんだけど」

「ええ」

「ひどく船酔いしてたよね」

フィデルマは辛抱強く待った。

「時化《しけ》のさなかに甲板にあがって海に落ちた、って聞いてたんだけど」

「そうは思えない、という口ぶりですね、ウェンブリット」声音からそれがうかがえた。

ウェンブリットはふいに手を伸ばし、傍らの寝台の下から黒っぽい法衣を引っ張り出した。

「朝食のあと、客室を片づけてその修道女様の持ちものをまとめとけっていわれたんだ。これ、その人のだよね」

フィデルマは法衣をちらりと見た。

「それがなにか?」

ウェンブリットがフィデルマの手を摑み、法衣に押し当てた。

「手をよく見て、修道女様。血がついてるだろ」

フィデルマは揺らめく光のもとで手を開いてみた。指先に黒い染みがついている。

しばらくウェンブリットを見つめたあと、彼女は法衣を手に取り、目の前にかざした。前身頃に鉤裂《かぎざ》きのような跡がある。

「これをどこで？」

「この寝台の下に隠してあったんだ」

「血、ということは……」フィデルマは少年を見やり、考えこむようにいいよどんだ。彼のおもざしに、恐怖と興奮の入り交じった表情が浮かんでいる理由がようやくわかった。

「シスター・ムィラゲルはひどく船酔いしてた。おいら、ゆうべ寝床へ行く前に、あの修道女様がなにか入り用なんじゃないかと思って、この部屋に寄ったんだ。やっぱりひどいありさまで、ほっといてくれっていわれたんだけど」

「いわれたとおりにしたのですか？」

「もちろん。で、寝に行ったんだ。でもなんだか胸騒ぎがしてさ」

「胸騒ぎ？」

「怯えてるみたいだったから」

「なんですって、時化に？」

「ううん、時化に怯えてたんじゃないみたいだった。入り用なものはないか訊いてみようとしたら、ドアに閂《かんぬき》がかかってた。大声で呼びかけて、名乗ったらやっとドアを開けてくれた」

フィデルマはドアを振り向き、閂に目を留めた。

「鍵がかかるようになっていたとは知りませんでした」彼女はいった。

少年はランタンを手に取り、フィデルマにも見えるように明かりをかざした。

「ほら、ここらへんにこすれた跡がいくつもあるだろ。ここのところに木片とか、あんたがた修道士様や修道女様の持ってる十字架の長い部分とかを閂がわりに差しこんどけば、掛け金があがらなくなってドアが開かなくなるんだ」

フィデルマは後ろにさがった。

「つまり、シスター・ムィラゲルはそのような方法でドアに閂をかけていたのですね？」

「うん。船酔いしてたうえに怯えきってた。あんな状態で、凄まじい暴風雨の中を、甲板へふらふら出ていったなんて考えられないよ」

「そのあと彼女を見ましたか？」

「見てない。寝床に行って寝ちゃったからさ。夜明けまでぐっすりだよ」

「時化の間、あなたは甲板にはあがっていないのですか？」

「甲板はおいらの持ち場じゃないからね。来い、って船長にいわれれば別だけど」

「つまり、部屋を訪ねたあとはシスター・ムィラゲルの姿を見ていないのですね？」

「見てないよ。夜が明けた頃に、船内をまわってた修道士様に起こされたんだ。シスター・ムィラゲルの姿が見えない、ってその人はいってた。姫様とついさっきまで喋ってた人さ。

そのあとマラハッドが、船の中にいないんならたぶん夜の間に舷側から海に落ちたんだろう、って話してるのを聞いたんだ。ほかに説明のしようがない、って」

「わかりました、ウェンブリット」フィデルマは考えながら訊ねた。「ではあなたはどう思いますか？　ほかに説明できる理由がありますか？」

「シスター・ムィラゲルは起きあがって甲板まで行けるような状態じゃなかった。しかもあんなに海が荒れてて、おまけに夜だったたってのに」

「火事場の馬鹿力、ということもあり得ますね」フィデルマはいった。

「そんなんじゃないよ」ウェンブリットはきっぱりといった。

「ではどういうことだと？」

「あの修道女様はひとりじゃ動けないくらい、ひどく船酔いしてた。着てた服には切り裂かれたみたいにぎざぎざの穴が開いてて、しかも血だらけだった。海に落ちたんだとしても、事故なんかじゃないよ」

「ではなにがあったと思うのですか？」

「殺されて、海に捨てられたんだ！」

第九章

フィデルマが、ウェンブリットの発見が意味するものについて考えを巡らせている間、短い沈黙が漂った。

「このことをもう船長にも話しましたか?」やがて彼女が口を開いた。

ウェンブリットはかぶりを振った。

「姫様が法律に詳しいって聞いたから、まず初めに話そうと思ったんだ。ほかには誰にも話してないよ」

「では私《わたくし》からマラハッドに話します。彼以外には黙っておくほうが賢明でしょうね。ほかの人たちにはまだ、シスター・ムィラゲルは海に転落したのだと思っていてもらいましょう」フィデルマは法衣を手に取り、もう一度じっくりと観察した。「これは私が預かっておきます」彼女は告げた。

ざっと見たところ、悩ましい点がひとつあった。法衣が切り裂かれているということは、シスター・ムィラゲルはナイフで襲われて殺されたと思われる。だがそれにしては付着している血液が少なすぎた。確かに血はついているが——服に残された切り口から察せられるほどの深傷《ふかで》を負ったとすれば、この程度の出血ではすまないはずだ。しかもそのあとシスター・ムィラゲルの遺体が海にほうりこまれたのだとすると、犯人はなぜそうする前にわざわざ法衣を脱がせたのだろうか？　ほどなく発見されるに決まっているのに、なぜ寝台の下に隠したりなどしたのか？

マラハッドは船長室にいた。フィデルマは、ウェンブリットが発見したことについて手短に語った。

「どうしたもんかね、姫様？」マラハッドは落ち着かないようすだった。「こんなこと、俺の船で起こったためしがない」

「先ほどもご説明したとおり、船長はあなたですから、『ムィル・ブレハ』、つまり『海に関する法律』に鑑《かんが》みれば、航海中はあなたがこの船の王としての、またブレホンの長《おさ》としての権利を有します」

マラハッドが口もとを歪めて笑った。

「俺が？　王やらブレホンの長やらの権利があるだと？　まさか。いくらこの船が俺の指揮下にあるからって、あんなことをやらかした人間を見つけるなど、どこから手をつけていいのかすらわからん」

「この船の法と秩序を司《つかさど》るのはあなたです」彼女は譲らなかった。

マラハッドは両手をひろげてみせた。

「俺になにができるっていうんだ？　乗客をずらりと一列に並べて、犯人は前に出ろ、なんて命令しろとでも？」

「まだ、犯人が乗客のひとりであると決まったわけではありませんが？」

マラハッドが両眉をつりあげた。

「船員たちとは」声に怒りがみなぎる。「長年のつき合いだ。あり得ない。禍《わざわい》を連れてきたのは巡礼のかたがたのほうじゃないのかね、姫様」

戸惑い、決めあぐねているその姿を見て、フィデルマは、すっかり面倒な立場に置かれてしまった船長を気の毒に思った。

「私に聞きこみ調査を依頼していただくという手があります。あなたから私にその権限を与えてください」

「だがあんたのいうように、誰かがあの娘を殺して海へほうりこんでしまったんなら、真相を暴くのはもはや不可能だ」

「それは聞きこみ調査をしてみるまでわかりません」

「姫様自身の身に危険が及ばぬともかぎらん。船というのは密室空間で、隠れ場所もほぼないといっていい。追われてることに犯人が気づこうものなら……」

「その逆もあり得ますわ。この船は密室空間ですから、犯人にとっても隠れ場所がないに等しいのです」

「王妹殿下をそんな危険な目に遭わせるわけにいかん」

フィデルマは諭すようにいった。

「危険な目にならばこれまでにもしょっちゅう遭っています、マラハッド。さあ、私に権限をくださるの、くださらないの？」

彼は考えこみながら顎をさすった。

「どうしてもとおっしゃるなら、むろん権限は与えよう」

「たいへん結構です。では私は調査に取りかかりますが、さしあたり、殺人事件の可能性があることは、みなさんにはまだ黙っておきましょう。法衣が見つかったことは口外しないでください。よろしいですか？　ほかのかたがたにはこういっておくにとどめます。『ムィル・ブレハ』によれば、船長であるあなたには、乗客が船から転落した理由を法的機関に報告する義務がある、そこで私があなたの依頼を受けて聞きこみ調査を始めた、と」

　マラハッドは、自分にそんな義務があるとは思いもしなかったようだった。

「ほんとにそんな法律があるのかね？　俺にそんな義務が？」

「乗客が海で行方がわからなくなった場合、その家族または親類は、間違いなく事故であったと立証されないかぎり、それがあなたの怠慢によって起こったこととして賠償[1]を請求することができるのです。法にはそう定められています」彼女は説明した。

　マラハッドは愕然としたようすだった。

「冗談じゃない」

「はっきり申しますと、それならまだいいほうです。これが殺人であり、しかも犯人が見つからないとなると、ことはさらに深刻です。そうなると、家族は彼女の〈名誉の代価《オナー・プライス》〉(2)の全額をあなたに要求することができます——しかも彼女は北部の高貴な家の娘だとシスター・クレラはいっておりませんでしたか？ ああ、教本を持ってくるべきでした。『ムイル・ブレハ』を扱ったことはあまりないものですから。さわりなら思いだせるのですが、もっと隅隅まで正確に暗記しておくべきでした。あらゆる場合を想定して、私なりに最善を尽くします、マラハッド」

責任の重大さに、船長はさらに肩を落とした。

「聞きこみ調査がどうかうまくいってくれ、と聖人様がたに祈るしかないな」

フィデルマはふと考えこみ、意地悪く顔を歪めた。

「どうなれば〝うまくいった〟ことになるのです？ ムィラゲルが殺害されたと明らかになることですか？ それとも単に、海に転落しただけとわかったほうがよいのですか？」

マラハッドがすっかり意気消沈してしまったので、フィデルマも、つい嫌味っぽくなってしまったことが申しわけなくなった。

「では、真相を見いだせたら〝うまくいった〟ということにいたしましょう」フィデルマは真顔でいった。「すぐに始めます」

主甲板に出ると、ぼんやりと翳《かげ》ってはいるが、間違いなくシスター・アインダーと思われる人影が見えた。木製の手すりを握り、あいかわらずこの船を取り巻いている、どこかそら恐ろしい海霧の中を覗きこんでいる。フィデルマはまず、この険しい顔つきをした修道女から訊問を始めることにした。

声をかけるとシスター・アインダーは背筋を伸ばした。さほど小柄なほうではないフィデルマだが、この長身の女性には見おろされる格好になった。シスター・アインダーはやや年配ではあるが、印象に残る端整な顔立ちをしていた。だが表情のない、仮面のようなそのおもざしに笑みが浮かぶことはめったになさそうだった。整ってはいるが血色の悪い顔に、瞳だけが目立っている。その瞳はまばたきもせずにフィデルマの探るようなまなざしをまっすぐに受け止めており、そのせいもあって、彼女よりも歳の若いフィデルマは、まるで肉体という壁を透かして魂の奥底まで覗きこまれているような気分になり、窮屈《きゅうくつ》さをおぼえた。シスター・アインダーはどこか浮き世離れした、静謐《せいひつ》で高尚な雰囲気をまとっていた。はっきりとした声は聞きやすく、落ち着いていた。

「私《わたくし》どもの礼拝が、見苦しい形で終了してしまったことはお詫びいたします、シスター・フィデルマ」話すというよりも祈りを唱えているかのような口ぶりだった。さながら修道院の食堂で食事の間に聖書を朗読する者のようだ。変わった話しかたをする人物だということに気づいたのはこのときが初めてだった。ほかの者たちにばかり気を取られていたせいかもしれない。「若い人たちの激情というものは、私には理解しかねます」

「シスター・クレラとブラザー・バーニャの諍《いさか》いのことをおっしゃっていますの？　確かにバーニャが選んだ聖書の一節は少々変わっていましたけれど！」

「口にせぬほうがよいこともございます」やはり同じように思っていたのか、アインダーはいった。

フィデルマは訊ねた。「バーニャがクレラのなにを、あるいはクレラがバーニャのなにを非難していたのか、あなたはご存じですか？　あのふたりの間にはなにか確執があるように見えましたけれど」

「なんであれ、間違いなく私どもには関係のないことでございましょう」

「できればあなたのご意見を伺いたいのですが、修道女殿、とりわけ、シスター・ムィラゲルについてもうすこし教えていただきたいのです」

「〝隣人の鍋の中身を詮索するな〟という戒めの言葉がございましょう？　そのようなご質問をされる理由が見いだせません」シスター・アインダーは不快感をあらわにした。

マラハッドの同意も得ていることを引き合いに出し、目的をさらに詳しく説明すると、シスター・アインダーの態度がすこしだけ変わった。

「複雑でもなんでもない、忘れてしまったほうがよいできごとです。時化《しけ》のさなかに甲板に出るなど、シスター・ムィラゲルは愚かにもほどがありました。自業自得です」

フィデルマは同意したふりをして、いった。「ですが、マラハッドが私に正式な報告書の作成を依頼したのは賢明ですわ。万が一、故人の家族が賠償を求めてきた場合、例の……〝事故〟の責任は彼にはない、という裏づけが必要ですから」

シスター・アインダーは、深入りするつもりはない、とばかりに軽く肩をすくめた。

「故人の家族についてはまったく存じませんが、乗客のひとりがみずからの命を粗末にしたからといって、船長を責めるのは見当違いではございませんの？」

「そのとおりです」フィデルマはいった。「ですが私は、間違いなくそうであったという証拠を手に入れねばなりません。目撃者の証言がなによりも重要なのです」

長身の修道女は冷たい声でいった。「私はなにも見ておりません」

「現場をじっさいに目撃したかどうかではないのです。そうではなく、背景にある細かなものごとについてお話しいただけないかと思いまして。シスター・ムィラゲルとはお知り合いだったのですよね？」

「当たり前でしょう」

フィデルマは募る苛立ちを抑えた。アインダーから情報を引き出すためには、歯を抜くときのように慎重にやらねばならないようだ。

「初めて会ったのはどこですか？」

「モヴィル修道院です」

「では、彼女のことはよくご存じでしたね？」

「いいえ」

フィデルマは別の方向から攻めることにした。

「あなたがこの巡礼の旅に参加しようと決めたのはいつのことですか？」

「数週間前です」

「では、モヴィルからアードモアまでの旅ではシスター・ムィラゲルとご一緒だったのですね？」

「ええ」

「彼女の人となりについて、なにか教えていただけます？」

「これといってはなにも」

「ですが、旅の間はしばらくともに過ごされたのでは？」

「いいえ」

「ともには過ごしていない？」フィデルマはしびれを切らして詰め寄った。

「過ごしておりません」シスター・アインダーがふいに態度を和らげ、ようやくすこしずつ話をしはじめた。「モヴィルを出発したときには私どもは十二人おりました。二十マイル（約三十二キロメートル）も行かぬうちに、ひとり亡くなりました。かなり年配の修道女でしたので、そもそも旅をすること自体無理だったのです。私どもの巡礼団はかなりの大所帯でしたので、シスター・ムィラゲルのことも特別気にしてはおりませんでした」

「同じ修道院から、はるかな土地をめざしてともにいらした巡礼団にしては妙ですね？　普通なら友情を育んだり、せめてたがいのことを知ろうとくらいするものではありませんか？」

シスター・アインダーは不快そうに鼻を鳴らした。

「なにか変でしょうかしら？　同行する修道士や修道女と懇意になろうとならなかろうと、巡礼の旅には関係のないことでございましょう。私どもとて、港まで旅する間も、全員が同じ宿に泊まらないことすらありました。申しあげておきますけれど、モヴィル修道院とバンゴア修道院は近いとはいえ、別個の修道院ですので」

フィデルマは最後にもうひと押ししてみることにした。

「ではその点を別の角度からお聞かせ願えますか。巡礼団の内部に対立はありましたか？」

「どうでしょうね。そもそもこれまでのご質問はいずれも、時化のさなかにシスター・ムィラゲルの命を奪った事故とはなんの関係もないと思いますけれど」

「これが私の調査のやりかたなのです」シスター・アインダーの居丈高な態度に対して、フィデルマはいつの間にか防戦一方になっていた。いつもの彼女ならば、この頑固な修道女にぴしゃりといい返しているはずなのに。

「時間の無駄ですわ」シスター・アインダーは眉ひとつ動かさずにいった。「私は客室に戻って、礼拝と瞑想をいたします」彼女は踵《きびす》を返しかけた。

「あとすこしだけお願いします、修道女殿」フィデルマは気後れを隠して、いった。

「なんです?」射抜くような黒い瞳が彼女を見おろした。

「最後にシスター・ムィラゲルの姿を見たのはいつですか?」

長身の女性は眉をひそめた。ふと、答えたがっていないかのようにフィデルマには見えた。

「一緒に乗船したときだと思いますけれど、それがなにか?」

「〝思う〟?」フィデルマは相手の質問をあえて無視した。

「そう申しあげましたでしょう」

シスター・アインダーの瞳が怒りに翳った。ふと黙りこんだのは、拒絶の言葉とともに、フィデルマに対してほかにもなにかいってやるべきかどうか迷っているからだろう。

「乗船のさいに会ったきり、姿を見ていないということですか?」

「彼女がそのあと、船酔いして客室に閉じこもっていたのはあなたもご存じでしょう」

「ようすを見に行かなかったのですか?」

「そんなことはする気もありませんでした」

「ひどい時化でしたが、眠れましたか?」

「あの時化で眠れた人なんていましたのかしら」

「客室からは一歩も出てらっしゃらない?」

「なにをお訊きになりたいのです?」シスター・アインダーはぴしゃりといい返した。

「シスター・ムィラゲルが客室を出て甲板へあがり、海に転落したとされている場所に向かう姿を誰かが見ていなかったか、突きとめたいだけです」

シスター・アインダーの表情がこわばった。

「私は客室から一歩も出ておりません」

「シスター・ムィラゲルの行方がわからないと知ったのはいつですか?」

「シスター・ゴルモーンにその件で起こされました。というよりも、彼女がブラザー・キアンとそのことを話している声で目が覚めたのです」

「シスター・ゴルモーン?」

「ゴルモーンとは同室です。どうやら彼女は、率先してムィラゲルを探していたブラザー・キアンに起こされたようでした。私は普段から眠りが深いものですから。ふたりの声でようやく目が覚めました。くだらない大騒ぎをしていましたので」

「くだらない大騒ぎ、ですか。けれどもムィラゲルが海に転落したのですよ。それはあまりにも心ないお言葉ではありませんか」

「私がいったのは、あのふたりの口論のことです」シスター・アインダーがぴしりといった。

「口論?」

「さあ、もう……」

ところがシスター・アインダーはそれ以上話そうとしなかった。フィデルマはもう一歩踏みこんだ。

「ふたりはなにをいい争っていたのです？」

「さあ、なんでしたか」

「同室なのでしたら、シスター・ゴルモーンのことはよくご存じなのですね？」フィデルマは脇から揺さぶってみることにした。

「彼女のことを知っているかですって？　いいえ。知っているのは、知恵の足りない小娘だということくらいです」

「これは興味本位で伺うのですが、巡礼団の中で、どなたのことでしたらあなたはご存じですの？」フィデルマは意地悪く訊ねた。

相手は目を細めた。瞳がふたたび暗く翳る。

「それは、あなたが〝ご存じ〟という言葉をお使いになるときに、どういう知識を念頭に置いていらっしゃるかによるのではございません？」

「ちなみにあなたでしたら？」フィデルマはうんざりして、いい返した。

「私ならばさまざまな意味で用いますでしょうね。この件についてはもうじゅうぶん無駄な時間を過ごしましたでしょう」

彼女は踵を返して去っていった。フィデルマは、幼い頃によくやっていた遊びを思いだしていた。水を張った樽に林檎《りんご》をたくさん浮かべ、手を使わずに口でくわえてできるだけ多く釣りあげる遊びだ。シスター・アインダーと駆け引きをして情報を引き出すのはあの遊びに似ていた。あれと同じ要領でやらねばだめなようだ。

ひとり残されたフィデルマはすっかり戸惑っていた。記憶にあるかぎり、聞きこみ相手にいい負かされた経験も、あのようになんの収穫にもならない返答をぶつけられた経験もなかった。学生時代に、ブレホンのモラン師に討論で徹底的にやりこめられたときのような気分で、彼女はひとつ深呼吸をした。まあいい、あのときモラン師にも教わったはずだ。最初に無駄足を踏んだからといって諦めてはいけない、と。

ふたたび甲板下に向かい、ほかの巡礼者たちを探して食堂室《メスデッキ》に足を踏み入れた。ひろびろとした部屋には一見誰もいないように見えたが、隅のほうで屈みこんでいる人影があった。

フィデルマはわざと大きな咳払いをした。

頭巾《ずきん》をかぶったその人物は、猫のようにびくっと飛びあがり、勢いよく振り向いた。法衣の頭巾がはらりと外れ、シスター・クレラの顔があらわれた。顔の大きな娘は目を真っ赤にしており、泣いていたようだった。

「驚かせてしまってごめんなさい、修道女殿」フィデルマは力づけるように微笑みを浮かべた。

「わたし、てっきり……あなたが入ってきたのも気づきませんでしたわ」

「これだけ船の軋《きし》む音がしているのですもの、よほど素晴らしい聴覚の持ち主でもなければ、足音を聞きわけることはできないでしょう」フィデルマはいった。「声をかければよかったのですが、誰もいないと思ったものですから」

「このあたりに落としものをしたので、探してたんです」

「お手伝いしましょうか？」フィデルマはテーブルの上の、まだパチパチと音をたてながらぼんやりと灯っているランプを見やった。

「いいんです」シスター・クレラが早口で答えた。どうやら気分も落ち着いたようだ。「ここだと思ったんですけど、客室に忘れたのかもしれません。どうせたいしたものじゃないですし」

相手の表情にかすかな敵意を感じて、フィデルマは考えた。

「わかりました」フィデルマはいった。「すこしだけお話を聞かせていただく時間はありますか？」

クレラが胡散臭《うさんくさ》そうに両目を細めた。

「なんの話？」

「シスター・ムィラゲルのことです」

「朝のことをおっしゃってるんでしょう？　謝るつもりはないですから。ブラザー・バーニャが嫉妬深くて非常識なのはいつものことですし」

「なぜ彼は『ホセア書』を引用したのでしょう？　あのような場ではあまりないことですわ

ね」

クレラは不快感もあらわに鼻を鳴らした。

「〝……かれら淫行《いんかう》の霊にまよはされその神の下を離れて淫行《いんかう》を為すなり〟(第四章十二節)」彼女は聖書の文句を唱えた。「この一節なら憶えてますわ。ムィラゲルとわたしが男性によく口説かれるうえに、わたしたちのほうもまんざらではなかったものだから、ブラザー・バーニャは嫉妬してたんです。ただそれだけ。あの人がそれを気に入らなかったってだけです」

「そのまんざらではない相手の中に、バーニャは入っていなかったということですね？」

クレラは高らかな笑い声をあげた。

「当たり前でしょ」

「シスター・ムィラゲルも同じようにバーニャを嫌っていたのですか？」

「もちろんです。わたしもムィラゲルも、バーニャのことは野暮天だと思ってましたから。そんなことをお訊きになりたかったんですの……？」

「じつはそのことだけではありません。ほんとうにあなたにお訊きしたいのは、残念なことにシスター・ムィラゲルの行方がわからなくなった件についてです」

クレラがすとんとテーブルの前の椅子にすわりこんだ。フィデルマも向かいのベンチに腰をおろした。ランプの明かりに照らされてみると、相手の若い女性が先ほどまで泣いていたのは間違いなかった。

「確か朝食の席で、シスター・ムィラゲルとは従姉妹どうしだと話していましたね」フィデルマは優しく話しかけた。

「親友でもありました」娘はどこか喧嘩腰に、熱を帯びた声できっぱりといった。

フィデルマは手を伸ばし、いたわるようにそっとクレラの腕に片手を置いた。

「聞きこみ調査をしてほしいと船長に頼まれたのです。ご存じだと思いますが、船長には、シスター・ムィラゲルの死について、この船が属する港の法的機関に報告する義務があり、それを怠れば、彼女の親族に訴訟を起こされる可能性がある、と法律で決まっているのです」

クレラが驚いて目をみはった。

「わたしは親族ですけれど、マラハッドに責任がないことくらいわかっていますわ」

「それでも、マラハッドは法律上それをきちんと示さねばなりません。でないと、いくらあなた自身にはそのつもりがなくとも、たとえば父親、あるいは兄弟といった近しい親族が、彼女の〈名誉の代価〉を要求してくる可能性があるのです。弁護士である私は、聞きこみ調査のうえ報告書を作成するよう、船長に依頼されました」

クレラは半分鼻を鳴らすような、半分ため息のような音をたてた。

「わたしはなにも知りません。ひと晩じゅう寝床の中にいましたし、時化の間は怖くて身動きもできませんでしたから」

「そうでしょうとも。そのことより、細かい事情をお聞きしたいのです。あなたはシスター・ムィラゲルと従姉妹どうしでもあり、親友でもあったとおっしゃいましたね？　ならば、彼女の親族について少々教えていただきたいのですけれど」

クレラは気が進まないようすだった。フィデルマに警戒するような視線を向ける。

「わたしたちはモヴィル修道院から来ました。ロッホ・クーアンの奥にある、福者《ブレッシド》(3)フィニアンが百年前に建立した修道院です。コルムキルが修行した場所でもあり、今やアイルランドで最も著名な修道院のひとつですわ」

「ええ、知っています」フィデルマはいった。「つまり、あなたがたはふたりとも、モヴィル修道院で共同生活を送っていたということですね」

「わたしたちは従姉妹どうしでした。わたしも彼女も、父親はダール・フィアタッハ首領家の出身です」

フィデルマは鋭い視線を向けた。

「ダール・フィアタッハというと、モヴィルを含む土地の所有者の？」

「あのバンゴア修道院もですわ」クレラは自慢げといってもよい口調でいい添えた。「ダール・フィアタッハの領地は、ウラーの中で最も広い小王国のひとつですもの」

「なるほど。となると、シスター・ムィラゲルの……」

「……〈名誉の代価〉(4)は高額となりますわね」シスター・クレラは質問に先んじて、いった。

「七カマルです」

フィデルマは娘の知識に驚いた。

「自分たちの〈名誉の代価〉をご存じですのね」七カマルは乳牛二十一頭ぶんの価値に相当する額だ。

「ムィラゲルの父親はかつての領主で、わたしの父はその後継予定者《タニスト》でした。わたしたちはそういうことを教わりながら育ってきましたので」娘はわけを話した。

「そのあなたがたがなぜ神の道に？」

シスター・クレラは一瞬口ごもったが、やがて両手を大きくひろげた。

「ムィラゲルです。ムィラゲルがそうしようっていったんです。ふたりとも兄弟や姉妹がいますし、家を出て学ぶのもいいかもしれない、ってムィラゲルが」

「ムィラゲルは何歳でしたか？」

「わたしと同い年で、二十歳です」

「あなたがたがモヴィル修道院に入ったのはいつですか？」

「十六歳のときです」

「なぜこの巡礼の旅に？」

シスター・クレラは口を開きかけた。「それは……」そこでなにかに気づいたように口を閉ざした。

フィデルマは促すように微笑みかけた。

「それもムィラゲルがそうしようといったからですか？」

シスター・クレラは頷いた。

「あなたは常にムィラゲルのいいなりだったのですか？」

クレラがふたたび身がまえた。

「わたしたちはとても近い存在だったんです。従姉妹というより姉妹みたいでした。ずっと一緒だったんです」

フィデルマは身を反らし、いつしか指でテーブルの表面を叩いていた。

「なぜこの船旅では、ムィラゲルと同室ではなかったのですか？」

クレラが不思議そうな顔をした。

「どういう意味ですか」

「不思議な気がしただけです。あなたとムィラゲルがそこまで親しくて、しかも彼女の誘いでこの船旅に出たのならば、部屋割りを考えるときに、あなたがたを同室にするのが普通ではありませんか。私は乗船してすぐに、彼女と同じ客室を使うようにいわれました」

「ああ、そのことですね。もともとは、シスター・カナーにそう頼んであったのです。ムィラゲルが怯えていたものですから。なにしろ長い船旅は初めてでしたし」

「なるほど。ところがシスター・カナーはこの船に乗らなかったのですね？　彼女は出航時間に間に合わなかった」

シスター・クレラは不安げな表情を浮かべた。

「カナーはわたしたちの巡礼団のまとめ役だったんです。同じモヴィル修道院から来ていたよい友人のひとりでした」

「彼女があなたがたを率いてアードモアまで来ておきながら出航時間に間に合わなかった理由に、なにか心当たりはありませんか?」

「ありません。出航したときにはてっきり彼女も乗っているものだとばかり思ってました。ムィラゲルとは別の客室に入ったのもそれが理由です」

「モヴィル修道院から来ているのは何人ですか?」

「ダハルとアダムレーとキアンとトーラはバンゴア修道院からです。残りがモヴィル修道院からです」

「確か、あなたがたが旅を始めてまもなく亡くなった修道女殿がいらしたとか?」

「シスター・シバーンのことですか? かなりお歳でしたから。ダール・フィアタッハの領地を出てもいないうちに倒れて亡くなったんです。あのかたもモヴィル修道院からでした」

「つまり、あなたがたは十二人でこの旅に出発したのですね?」

「九人になってしまいましたけれど」

「シスター・カナーがあらわれなかったのはなぜだと思いますか? モヴィルからアードモアまではるばるあなたがたとともに旅をしてきたというのに、なぜそこで足を止めてしまったのでしょう？」

クレラは苛立ったように軽く肩をすくめた。

「さあ？　海が怖かったのか、でなければおおかた、わたしたちと旅をするのがいやになったんでしょう」

シスター・クレラがほんとうはそんな理由など信じていないということが、フィデルマには直感でわかった。この件についてはそれ以上問いたださないことにして、ムィラゲルの失踪に話を戻すことに決めた。

「あなたの従姉妹を最後に見たのはいつですか？」

「時化が始まってすぐです――時間は憶えてません。空は真っ暗でした。なにか持っていってあげようかと思って、彼女の客室を覗いたんです。カナーが乗っていないのがわかったので、わたしに部屋を移ってきてほしいんじゃないかとも思いましたし。彼女、乗船したとたんに客室に閉じこもってしまったんです」

「それでそのとおりだったのですか？」

「そのとおり？」フィデルマがなんのことをいっているのか、シスター・クレラには一瞬わからなかったようだった。

「ムィラゲルはあなたに、部屋を移ってきてほしいといったのですか？」

娘はふとためらい、首を横に振った。

「いいえ。ひとりにしておいて、といわれました」

「そういわれて心外でしたか？」フィデルマは間髪を容れずに訊ねた。

シスター・クレラは顔を赤らめ、答えを慎重に選んでいるかのように、しばし考えこんだ。

「わたしも彼女も若い女ですから。たまに……同室では不都合なときもありますわ」

フィデルマはその返事の意味をじっくりと考えると、とりあえず今は、それについては追及しないでおくことにした。クレラの胸にありありと描かれている疑惑が正しいか否かは追い追いわかるはずだ。とはいえムィラゲルが時化のさなかに誰か仲間内の男性を待っていたのだとすると、船酔いしていたことと辻褄《つじつま》が合わない。

「あなたが見たときのシスター・ムィラゲルはどのような感じでしたか？」フィデルマは次の質問を投げかけた。

「まだ弱っていて、具合が悪そうでした。船酔いで寝こむところなんて初めて見ました」

「船旅は初めてではなかったのですね？」

「一緒に何度かアイオナ島へ行きましたけど、ムィラゲルが船酔いしたことは一度もありませんでした」

「あなたは隣の客室にいたのですか？」

「そうです」

「けれども時化が始まってからは一度もようすを見には行かなかった」

「怖かったんですもの」

「ムィラゲルも具合が悪くて、さぞ不安だったでしょうね」

「わたしだって気分が悪かったんです」クレラがいい返した。「寝床から出て、ムィラゲルのところへ行くべきだったとおっしゃるの？　そうすれば甲板にあがろうとする彼女を止めて、海に転落するのを防げただろうって？」と不満げに声を荒らげる。

「そういう意味ではありません。伺っていると、ムィラゲルは自分でいうようにひどく船酔いしていたわけではなく、ほんとうは誰かが来るのを待っていた、とおっしゃっているように聞こえますが」

否定の言葉をいおうとしたかのように、クレラの顎がくいとあがった。だがそのまま俯《うつむ》いた。口を固く結んでいる。

「ムィラゲルの恋人が誰だったか知っていますか？　ブラザー・バーニャではないことは確かなのですか？」

「バーニャ？」クレラは乾いた笑い声で答えた。「いったでしょう、ムィラゲルはあんな人に興味なんか持たない、って。だいたい……」そこで口ごもった。

「なんです？」フィデルマは促した。

「でも、ブラザー・キアンはあなたとお親しいんでしょうし……」

今度はフィデルマが顔を赤らめる番だった。

「とんでもない！　十年前にタラで知り合いだったというだけで、それ以来会ってもいませんでした、この船に乗るまでは。ともかく、キアンがどうしたのです？」

「キアンはモヴィルでも有名だったんです。彼に口説かれて断る娘はまずいない、ゴルモーンのような頭の弱い小娘から、わたしの従姉妹くらいの成人女性に至るまで選びほうだいだ、って。でもムィラゲルは修道院を発《た》つかなり前から、キアンとの関係を終わらせたがっているようにわたしには見えました。彼女に似合わず、ずっと塞ぎがちだったんです」

キアンの欠点があらわになったことにも、フィデルマは別段驚かなかった。

「ムィラゲルには誰か、恐れていた相手がいたのですか？」彼女は訊ねた。

シスター・クレラはかぶりを振ると、興味深げにちらりとフィデルマを見た。

「そんな質問、ムィラゲルが海に転落した理由を調べることとなんの関係がありますの？　意味がわからないわ」

つい踏みこみすぎてしまい、目の前の娘に疑念を抱《いだ》かせてしまったことにフィデルマは気づいた。そこで慌てて質問の方向を変えた。

「背景にある事情を知りたかっただけで、他意はないのです。つまりあなたに関するかぎり、翌朝まで客室からは出なかったということですね」

「朝になったら訪ねてみるつもりでした、ところが夜明けに、ブラザー・キアンが、全員の無事を確かめているんだといって、わたしたちの客室に飛びこんできたんです。あの横柄な

――」クレラがふいに口をつぐんだ。「あの人、すっかりまとめ役きどりで、まるで羊飼いよろしく、わたしたちという迷える羊たちを率いるのは自分だと思いこんでるみたいですの」

フィデルマは軽く身を乗り出した。

「キアンが、全員の無事を確認しているといって入ってきたのですね？　そしてそれは夜明け頃のことだった。それから？」

「彼はさほどしないうちに戻ってきて、ムィラゲルがいないので船長に知らせてくる、といったんです」

「ムィラゲルはどのような性格でしたか？」

「そんなことが関係あります？」

「それほど具合が悪かったのに、彼女がなぜ客室を出て甲板へあがっていったのか、とにかく手がかりが欲しいのです」

「気が動転していたんじゃないかしら」クレラは答えた。「わたしだって、船があまりにも縦横に揺れるものですから、沈んでしまうんじゃないかって何度も思いましたもの。アイオナ島への船旅では、あんなに海が荒れることはないですし」

「アイオナ島への海峡は何回渡りましたか？」

「ムィラゲルとわたしで、何度かモヴィルの大修道院長からのことづてをアイオナ島へ届けに行ったことがありました」

「そのときも彼女はまったく船酔いしなかったのですか？　あのあたりは時化の多い荒海ではありませんでしたか？　私も一度だけ船で行きましたが、恐れられて当然の海だと感じました。なにしろふいに牙を剝くような海ですから」

「彼女が船酔いしたところなんて見たことがありません」

「ところが昨夜にかぎって気が動転し、時化の真っただ中の甲板へ駆けあがったのでしょうか？」

「そうとしか考えようがないです。臭くて息苦しい部屋だから、外の空気を吸いたくなっただけかもしれませんし」

フィデルマは一瞬黙ったが、やがて穏やかな声でいい添えた。「ムィラゲルがどんな性格だったか、まだ話していただいていませんね」

とたんにクレラは熱っぽい口調になった。

「決断力があって、頭の回転が早くて、自分の欲しいものがちゃんと見えてました。わたしがいつも彼女に先頭を任せてきたのはだからかもしれません。なんに対してもちゃんと自分の考えを持ってる人でした」

「なるほど」フィデルマはふいに立ちあがった。「ひじょうに参考になりました、クレラ。そうそう、もうひとつだけ――キアンがあなたがたの一行に加わることを決めたのはいつですか？」

クレラは不快だという身ぶりをした。「あの人のこと？　ああ、それなら、シスター・カナーがまとめ役となって大聖堂をめざす計画を明らかにした時点で、とっくに巡礼団に加わってましたわ」

「あら！　では、聖ヤコブ大聖堂をめざすというのはカナーの発案だったのですか？」

「彼女がわたしたちのまとめ役となってくれるはずだったんです。キアンはちょくちょくモヴィル修道院に顔を見せてましたが、本来はバンゴアの修道士です。わたしたちとも顔なじみでした。モヴィル修道院への伝令役としてバンゴア大修道院長に仕えていました。巡礼の旅をするとカナーが発表したときには、最初からわたしたち一行に加わっていたんです」

するると突然、頭上の甲板から叫び声がして、ウェンブリットの駆け足の音がした。

「なにごとですか？」フィデルマは、通り過ぎようとする少年を呼び止めた。

「霧が晴れてきたんだけど」彼は叫んだ。「どうやら厄介なことになったみたいだ」

第十章

船員たちが大騒ぎしているのはいったいなにごとだ、と何人かの乗客がカオジロガン号の甲板に集まっていた。正午も近く、海霧は日射しを受けて、まるで炎から立ちのぼる煙のごとく上空へ巻きあげられて消えつつあった。

フィデルマが主甲板にたどり着くと、マストの先端からまた叫び声がした——張りつめた大声だった。船尾甲板を振り向くと、操舵手たちの傍らにいたマラハッドが左舷側をじっと見つめていたので、彼女もその視線を追った。するとみるみる薄くなっていく霧の奥で、うねる大波が岩場に当たって砕け、その上にはまるで睨みをきかせる番兵のごとく鵜《う》が点々ととまっていた。大海原にはこうした岩礁や小島が無数にあることを、フィデルマは今さらながら思いだした。

航海士であるガーヴァンが、船長のもとへ向かおうと船尾甲板を慌てて駆けていくところだった。

「ここは?」フィデルマは彼に声をかけた。

「シリナンシム(諸島《シリー》)ですな」ブルトン人は唸るようにいった。嬉しくはなさそうだ。

「時化《しけ》のせいで、かなり南東へ流されちまったようです」

マラハッドのいっていたとおりだ、とフィデルマは思った。時化のせいで針路が東寄りにずれた、と。

フィデルマもブルトン人についていき、船尾甲板にいる厳しい顔つきの船長のもとへ向かったが、ガーヴァンもマラハッドも咎《とが》めはしなかった。

「シリナンシムの島々が、こんなに寒々とした寂しい場所だとは思ってもみませんでした」

彼女は軽く身をすくめ、船を取り巻く尖った岩を見つめた。

「大きい島には人も住んどりますし、船をつけられる場所もあるんですがね」ガーヴァンが答えた。「いつもはなるべく西の沖合を通るようにして、このあたりは避けとります。ブロードサウンド（シリー諸島の西側の海峡）を通るほうが安全なんですが、そっからはそれちまったようでさ。現在、風と潮流により、クレバウェサン・ネック（シリー諸島南西側の海峡）を航行中」

最後の言葉はマラハッドに向けられたものであり、船長は了解のしるしに頷いた。フィデルマはこの島々のことはなにひとつ知らなかった。だが、あまり動じたところを見せることのないこのブルトン人が、声に不安をにじませている。

「よくない場所なのですか？」彼女は訊ねた。

「あまり近寄りたくはない場所ですな」ガーヴァンが答えた。「この海峡《ネック》を抜けりゃ、リタリエ岩礁の南に出られますがね——あのあたりはさらに岩だらけでして。ただし岩礁さえ越えりゃ、あとはウェサン島まで一直線でさ。まる一日ぶん遠回りですがね、もしうまく……」

彼はそこでふと、乗客相手につい口数が多くなってしまったと思ったのか、傍らの船長をすまなそうにちらりと見やった。だがマラハッドはなにやら考えこんでいて気づかなかった。

「うまくこのクレバウェサン・ネックを抜けられれば幸い、ということですか？」彼女はガーヴァンの言葉を引き取り、いった。

「おっしゃるとおりで、姫様」

船長は先ほどから、風をいっぱいにはらんだ帆をひたすら見つめていたが、やがて舵取り櫂《オール》の傍らにいる船員のひとりに、自分と交替するよう合図した。数名の船員たちが船首に集まり、舳《へ》先《さき》が岩にぶつかりそうになった場合、すぐに警告できるよう見張りに立った。

「はらみ綱《ボウライン》を引け！」マラハッドが叫んだ。

船員がふたり風上舷《かざかみげん》へ走っていき、横帆に結んだロープを強く引いた。帆をさらに右舷側へ寄せ、巨大な革製の帆に風をはらませるためにひたすら引きつづける。

マラハッドがフィデルマに向き直った。

「姫様、巡礼のかたがたには、ここを通り抜けるまで全員甲板にあがっていてもらいたいんだが」彼がいった。「ほかのお客さんがたにそう声をかけといてくれるかね？」そしてふたたび舵取り櫂に取りつき、あとの説明をガーヴァンに任せた。

「つまりですな……」ガーヴァンは口ごもり、肩をすくめた。「万が一座礁した場合、そのう……お客さんがたには甲板にいてもらったほうが多少は安全なんでさ」

「そこまで危険なのですか？」フィデルマが訊ねると、彼はそうだ、と目で答えた。彼女はそれ以上口を出さず、昇降口へ急いだ。するとそこにウェンブリットが立っていた。

「船長が、全員に甲板へあがっていてほしいそうです」彼女は告げた。

ウェンブリットはくるりと踵《きびす》を返して姿を消した。数秒もせぬうちに、彼が客用船室にいた巡礼者たちを急きたて、甲板にいる船員たちのもとへ行けと促す声が聞こえた。みなしぶしぶ外へ出てきた。それぞれの立つ場所をウェンブリットがてきぱきと割り振っていく。危険が迫っていることにぴんときていない者がほとんどで、フィデルマが給仕係《キャビンボーイ》の少年と手分けしてひとりひとり説得してまわったときも、乗客たちはなにやらぶつぶつと文句をいいながら、気の進まないようすだった。だが間近に迫った岩や暗礁を目の当たりにし、ようやく自分たちが危険の真っただ中にいることに気づくと、みなしだいに無口になった。

主甲板にあがった巡礼客たちはひとかたまりになり、目を凝らしていた。黄色みを帯びた白い泡に洗われる黒い岩が、凄まじい速度で船の両舷へ禍々《まがまが》しく迫ってくる。

吹く風は爽《さわ》やかだったが、うねる大波の間にちいさな白い岩頭が不気味に見え隠れしはじめた。白波の泡立つ音が四方から響きわたる。そびえ立つ尖った黒い花崗岩よりももっと危険ななにかが、この船に迫っているというしるしなのだ。船底に一瞬で穴を開けてしまうような岩がいくつも水面下に隠れているということだ。

フィデルマは身震いした。降りそそぐ陽光はどこか張りつめた冷たさを帯びていた。梳《す》いた長い羊毛のような白い雲が、青い天蓋のそこここに浮かんでいる。水面《みなも》がぎらぎらと輝き、あまりのまぶしさに思わずフィデルマは両目をこすった。細かい波しぶきに含まれた塩分が沁みてちりちりと痛む。風がやんできた。帆に当たる風も弱くなり、帆布もときおりちいさくはためくばかりとなった。

マラハッドが顔をあげてなにごとかいった。悪態をついたようだ。そのくらいは大目に見てやらねばなるまい。ガーヴァンが船首へ駆けていき、なにかを指示した。すると船員たちは二名だけを艫《とも》側に残し、いっせいに小走りで駆けていくと、船の中心あたりで待機した。

潮の勢いにも促され、船は加速し、岩がさらに次々と舷側を通り過ぎていった。

フィデルマは周囲を見まわし、ふいに猛烈な孤独感に襲われた。大海原の真っただ中、波が岩を打つ荒々しい音に四方を囲まれていると、なんとも心細く、寄る辺ない気持ちになった。手足が冷たくなり、胸騒ぎに押し潰されそうだった。

いつの間にか口をついて出ていた。

「〝デウス・ミセレアトゥール〟(憐れみ深き神よ)……」

いつしか『詩篇』の一節を唱えている自分に驚いた。

「〝ねがはくは神われらをあはれみわれらをさきはひて

その聖顔《みかほ》をわれらのうへに照《てら》したまはんことを
此《こ》はなんぢの途《みち》のあまねく地に知られ
なんぢの救《すくひ》のもろもろの国《くに》のうちに知《し》られんがためなり〃（第六十七篇一〜二節）」

フィデルマは血の気の引いた両手で船の手すりを握りしめたまま立ちつくした。斜檣《バウスプリット》(1)が波しぶきを割って上下に揺れている。まるで馬が首を振りあげて死にものぐるいでレースを走っているかのようだ。どこかが軋《きし》む音がした。ぎくりとして振り仰ぐと、大檣《メインマスト》の先が鞭のようにしなっていた。帆桁がギシギシと音をたて、まるで膨らんだ帆を風が今にも引き裂こうとしているかのようだ。マラハッドは大股で立ち、舵取り櫂を両手でがっちりと握りしめたまま、仮面のごとき無表情でみずからの務めに集中していた。

この荒れ狂った海にほうり出されれば五秒と保《も》たないだろう。そうなれば一巻の終わりだ。すべてはマラハッドの操舵術にかかっていた。フィデルマは、どちらかといえば自分の身に起こっていることは自分の手で切りまわしたい性分だったが、このときばかりは手も足も出ず、なんとももどかしい思いだった。

マラハッドは無表情のまま、髪を風になびかせ、目を細めていた。ときおり、ともに舵取り櫂を握りしめている船員に向けてなにごとか命じるのみだ。

船は、右舷側を巨大な島のような岩に、左舷側を隠れた岩や暗礁に挟まれた狭い海路にさしかかった。泡立つ波は轟音《ごうおん》をあげ、この船もいずれなす術《すべ》なく逆巻く海に呑みこまれて、暗い渦の底へ沈んでしまうのではないかとすら思われた。マラハッドともうひとりの船員が舵取り櫂をけっして放さずにいてくれるよう、フィデルマは祈った。

帆柱や帆桁やロープの狭間を吹き抜ける風はまさしく悲鳴をあげ、船は、周囲にそそり立つ尖った花崗岩の牙を幾度もかすめながら揺れては跳ねあがり、もはや操縦不可能と思われた。それでもマラハッドと船員はひたすら粘った。

船首から叫び声がして、数人の声がそれに続いた。なにかよくないことがあったのだろうか、とフィデルマは手すりに近づいて身を乗り出した。

行く手に巨大な黒い岩が迫っているようだった。波が叩きつけるたび、黄ばんだ白い泡が岩肌を流れていく。暗礁があるらしきあたりでは高波が渦巻き、轟《とどろ》いている。まるで煮えたぎる大釜のようだ。巨大な渦に呑みこまれて船が木っ端微塵《こばみじん》になるさまを思い浮かべ、フィデルマは思わず目を閉じた。甲板が傾き、足もとがよろけた。岩に衝突したにちがいない、そう思った。すると誰かが彼女の身体に片腕を回した。ガーヴァンのかすれ声がした。「手すりから手を離さんでください！」

瞼《まぶた》を開けると、波間で揺らぐ船の傍らを、岩が猛烈な速度で通り過ぎていった。手を伸ばせば届きそうだ。丈の高い黒い岩がいくつも通り過ぎていったかと思うと、船はだしぬけに穏やかな海に出た。

舳先にいた船員たちから勝ちどきの声があがった。

気難しいガーヴァンの表情が緩み、そこに安堵の笑みが浮かぶのが見えた。

「私《わたくし》たち、助かったんですの？」彼女は訊ねた。

「海峡は越えましたな」ガーヴァンは低い声で答えた。「これで、ようやっといくらか穏やかな海を通って南へ向かえまさあ」

彼は振り返るとウェンブリットに声をかけ、乗客たちには甲板下に戻りたければもう戻ってもいいと知らせてくれ、といった。

フィデルマがまだ手すりを握りしめて立ちすくんだまま、通り過ぎていく黒い海面を見つめていると、キアンが近づいてきた。

「きみはいつまでそうやって敵意を剝き出しにしつづけるつもりなんだ？」やや喧嘩腰な口調だった。「俺は仲良くやりたいだけなんだがな。どのみち、まだ道中しばらくはいやでも顔を突き合わせることになる」

フィデルマはふうっと大きく息を吐き、気持ちを現実に引き戻した。突っぱねてやろうとして、ふと思い直した。

「じつをいうと、キアン」と硬い表情を浮かべる。「私もあなたにお話があるの」

健気《けなげ》な台詞《せりふ》に、キアンは一瞬虚をつかれたようだった。彼はフィデルマをぽかんと見つめ、やがて瞳を得意げに光らせた。

「ほらな、なんだかんだいっても、結局そうくるだろうと思ってたよ」

フィデルマは、なにかの勝負に勝ったときにこういうわけ知り顔を浮かべる相手が大嫌いだった。即座に鼻っ柱を折ってやる必要があった。冷たくいい放つ。

「マラハッドに、シスター・ムィラゲルの失踪について正式な聞きこみ調査をしてほしいと依頼されています。彼女の親族がいかなる行動に出ようと、彼が過失を問われることがないように、と。あなたにもいくつか質問させていただきたいのですが」

キアンは落胆した表情を浮かべた。期待していたものとは明らかに違う答えだったようだ。

「あなたはご一行のまとめ役を買って出ているそうですね」

キアンが唇を結び、くいと顎をあげた。

「ほかに誰かふさわしい者がいるとでも？」

「あなたがふさわしいかどうかを問うのは私の役目ではありません、キアン。私はあなたがたのお仲間ではありませんから。報告書を作成するために詳細をはっきりさせておきたいので、そのために伺っているだけです」

「まとめ役は必要だ。俺は、修道院を出発したときからさんざんそういいつづけてきた」

「この巡礼団のまとめ役はシスター・カナーだったのではないのですか？」彼女は訊ねた。

「カナーは……」彼はいいよどみ、肩をすくめた。「カナーは来なかった」

「昨夜、お仲間の無事を気になさったのはなぜです？　ひとりひとり、しかも夜明けに客室を訪ねて、全員のようすを確認しようとした理由は？　本来あなたがすべきことではありませんでしたわね？　時化で眠れなかったからですか？」

「そういうわけじゃない」

ふてくされたような答えに、フィデルマは思わず片眉を軽くあげた。

「あれほど凄まじい時化だったのですから、みな多少なりとも睡眠は妨げられたでしょう」

彼女は述べた。

「それは俺は……昔……武人だったからな。ちょっとやそっとのことでは――」

「あなたは時化の間、目も覚めなかったとおっしゃるの？」フィデルマは畳みかけた。

「そうともいえないが――」

「ではあなたも私やほかのかたたちと同様に、眠れずに過ごした時間もあったということですね？」フィデルマは意地の悪い喜びをおぼえながら、さらにその部分を責めた。「それよりも、まだ質問に答えていただいていません。お仲間のひとりひとりを訪ねてまわらねばならないとお思いになった理由は？」

「いっただろう、誰かが仕切るべきだと思ったからだ。シスター・ムィラゲルはまるで役に立っていなかった」

「つまりそうなさったのは、単にご自分の権威を主張したかったから、それだけですか？」

キアンは呻き声をあげた。

「誰か困っていないかどうか確かめようと思っただけだ」

「それで自分からその役目を買って出て、ひとりひとりを訪ねてまわったのですか？」

「結果、そうしてよかったじゃないか」

「では、昨夜は全員がなにごともなく自分の客室で休んでいたのですね？　シスター・ムィラゲルを除いて、ですが」

「具体的にいえというなら」彼はせせら笑うようにいった。「いいや、全員が全員、自分の客室にいたわけじゃなかった」

「どういうことです？」

「目が覚めたとき、俺と同室のブラザー・バーニャは寝床にいなかった。船員のいう〝便《ヘッ》所《ド》〟とやらにいたと、あとでわかった」

「なるほど。ムィラゲルを除いて、ほかに自分の客室にいなかった人はいましたか？」

「いいや」

「ムィラゲルがいないと気づいたのはいつですか？」

「見まわりを始めてすぐだった。知ってのとおり、彼女の部屋は俺の真向かいだ。中に入ると、姿がなかった」

「ドアに鍵はかかっていましたか？」

「鍵なんてかける必要がどこに？」彼は眉をひそめた。

「まあいいでしょう。続けてください。それからあなたはなにを？」

「ムィラゲルの客室を出ると、ブラザー・バーニャが便所から戻ってくるところだった。彼は自分の部屋に戻っていった」

「そのあとは？」

「シスター・クレラの部屋を見に行った。彼女は眠っていた。そのあとシスター・アインダーとシスター・ゴルモーンの客室を訪ねた。シスター・ゴルモーンはすでに起きて着替えを済ませていた」

「ゴルモーンと口論になりましたか？」

警戒するような表情が浮かんだ。

「なぜ俺が彼女といい争う必要が？」

「シスター・アインダーは、あなたがたのいい争う声で目が覚めたと話していました」

「馬鹿馬鹿しい！　アインダーは俺たちの声で目が覚めたものだから腹が立ったんだろうよ。俺はさらにほかの客室をまわったが、みなきちんと自分の部屋にいた。シスター・ムィラゲルを除いて、だが」

「それから？」

「そのあとはきみの無事を確認しに行った。きみは眠っていた。シスター・ムィラゲルだけが自室にいないとわかり、便所と、俺たちが食堂にしている広い部屋を確かめに行った。そこで船長のマラハッドと鉢合わせたので、シスター・ムィラゲルの居場所がわからないと伝えた。すると彼が、かわりに誰かに調べさせようといって、あのブルトン人のガーヴァンにそう命じた。だが船じゅうくまなく探してもムィラゲルが乗っていなかったので、結局マラハッドも、彼女は時化のさなかに海に転落したのだろうという結論に至った。そのあと彼がもう一度ガーヴァンに船内を捜索させたが、きみも知ってのとおり、恐れていた最悪の事態が揺るぎないものとなっただけだった」

「しかし、夜の間にはそうしたできごとの裏づけとなるようなものをただのひとつも見聞きしなかったというのですね？」

「全部話したとおりだ、フィデルマ」

彼女は思案ありげにふと無言になった。

「シスター・ムィラゲルとは親しくていらっしゃったのですか？」

キアンが身がまえるように眉をひそめた。

「シスター・ムィラゲルのことを知りたければ、シスター・クレラに訊くんだな。あのふたりは親友どうしだったし、親戚どうしでもあった」

「あなたがご存じのことをお聞きしたいのです。バンゴア修道院に入ったとおっしゃいましたね。モヴィル修道院にも足繁くいらしていたとか。ムィラゲルと会ったのもそこですか」

キアンが口もとを結んだ。

「俺はバンゴア修道院長のことづてを運んだり、果樹園を手伝ったりしていた」

「伝令を務めていて、そこでシスター・ムィラゲルと知り合ったということですか？」

「確か、彼女を俺に紹介したのはシスター・クレラだった」

「クレラはシスター・カナーにもあなたを紹介しましたか？」

「カナーはムィラゲルから紹介された。それがなにか？」

「あなたがこの巡礼団の一員となったいきさつを知りたいだけです」

「それならもう話しただろう」

「もう一度聞かせてください」

「聖ヤコブ大聖堂の近くに、モーモヘックという薬師《くすし》がいるという噂を聞いたからだ」

「そうでしたわね。そこで巡礼団の一員に加えてくれと、まとめ役をしていたカナーに頼んだのですか？」

「まとまってなどいなかったがな。この集団ときたら統制もなにもあったものじゃない」

「あのかたたちは巡礼団であって軍隊ではありません、キアン。ところでひとつだけ腑に落ちないのですが。シスター・カナーがまとめ役だったのなら、なぜ出航時間に間に合わなかったのでしょう？」

「知らないね。時間にだらしない人間ってのはいるからな。〝遅れる男は損をする〟、そんな意味の諺《ことわざ》がなかったか？　あれは男だけじゃないってことだ。おおかた、潮と風が自分のために止まってくれるとでも思ってたんだろうよ」

「シスター・カナーは遅刻魔だったということですか？」

「そういうわけじゃない。彼女が出航に間に合わなかった理由を説明しろというから意見を述べただけだ」

「それにしても奇妙ですね、この巡礼団のまとめ役の人間が、仲間を率いてウラーからモアンまでの南への道のりをはるばるやって来ておきながら、乗船すらできなかったとは」フィデルマはその点を今一度指摘した。

「人生とは偶然の積み重ねだからな」

「お気の毒なシスター・ムィラゲルの早すぎる死も？」フィデルマは静かにいった。

「そちらはたいして奇妙だとも思わんがね。シスター・ムィラゲルは身勝手な女だった。一度こうと決めたらけっして譲らない。この船旅に加わると決めたときもそうだった」

「考え直させようとしていた誰かがいた、ということですね？」彼が匂わせた言葉に、フィデルマが喰いついた。

「俺が理由を話し、シスター・カナーの巡礼団に加わるつもりだと伝えると」キアンは平然としたものだった。「シスター・ムィラゲルはその足でシスター・カナーを訪ねた。そしてカナーのお気に入りの修道女ふたりを巡礼団から無理やり外させると、かわりに自分とクレラを入れさせたんだ。シスター・ムィラゲルはじつに高圧的な女だったんでね」

フィデルマはますます思案顔になった。

「伺っていると、シスター・ムィラゲルはあなたがこの巡礼団の一員だと知って自分も加わる決意をした、とおっしゃっているように聞こえますが」

キアンがかぶりを振った。

「俺にはなんとも」

「この巡礼団の編成にあたっては、シスター・カナーよりもシスター・ムィラゲルの影響力のほうが強かったというふうに、私には見えます」

「この巡礼の旅の計画には数週間を要した。じっさいシスター・ムィラゲルは、シスター・カナーから主導権を奪おうとしていたんだろう。ムィラゲルには、常になにかと世話を焼いてくれるシスター・クレラという味方がついていた。だがシスター・カナーもシスター・カナーで頑固だった。今や行方不明となってしまったわれらが友人よりもさらに上手《うわて》だった」

「シスター・ムィラゲルの欠点もよくご存じのようですわね」

「いやでも見えてくるさ……」キアンはふさわしい言葉を探した。「旅をともにすればな。欠点も見えてくる」

「ムィラゲルは身勝手な女だった、だから死んでも奇妙でもなんでもない、そうあなたはおっしゃいましたね？」

「俺はただ、彼女は誰になんといわれようと、自分さえそうしたければ甲板にあがっていくような強情な女だった、といったまでだ。一度決めたら梃《てこ》でも動かない」

フィデルマの両目が興味深げにきらりと光った。

「誰かが彼女に、時化のさなかに甲板にあがらないよう忠告したのですか?」とすぐさま問いただす。

キアンはかぶりを振った。

「たとえばの話だ。そういう性格だったということだ。さあ、これでこの件について知っていることはひとつ残らず話した」

背を向けて去っていこうとする彼を、フィデルマがふいに呼び止めた。

「あとひとつだけ……」

キアンが期待をこめた表情で振り向いた。

「あなたがたがシスター・カナーと別行動を取ることになった事情をもうすこし聞かせてください。彼女が出航時間を逃し、あなたがたとともに乗船しなかった理由が、私にはまだ見えないのです」

キアンはふと怪訝《けげん》そうに彼女を見た。

「きみはシスター・ムィラゲルが海に転落した経緯を調べているんだろう、なのになぜ、そんなにシスター・カナーのことを聞きたがる?」と突っかかってきた。

「私、好奇心の強い質《たち》なもので、キアン。当然あなたも憶えていらっしゃるでしょうけれど、若い頃の私はそれは見る目がなかったものですから。その後ようやくそれに気づいて、今後は人々のふるまいにある理由や動機に関心を持って生きていかなければ、と思ったのです」

むっとした表情がふとキアンのおもざしに浮かび、すぐに消えた。

「シスター・カナーとは、アードモアに到着する前に別行動をとった」彼はいった。

「なぜですか？」

「その晩は聖デクラン修道院に泊まることになっていたんだが、シスター・カナーはひとりで、修道院から一マイル（約一・六キロメートル）ほど離れた場所へ行った」

「なぜ別の場所へ？」

「近くに住んでいる友人だか親戚だかに会いに行くといっていた。泊まる予定だった修道院にはあとから合流すると約束していった。だが彼女は修道院にあらわれず、出航予定時刻になっても集合場所の波止場に姿を見せなかったので、シスター・ムィラゲルが責任者ということになった。とうとうムィラゲルは望みどおりのものを手に入れたというわけだ——巡礼団の面々を思いどおりにできる権限をな」

「それも長くは続きませんでしたが」フィデルマはそっけなくいった。「あなたがた巡礼団のまとめ役はふたりとも、その役目を長く果たし終えることはなかった。なのにあなたはまだその役割にしがみつくおつもり？」彼女は皮肉っぽい笑みを唇に浮かべた。

キアンの表情がこわばった。

「なにがいいたいんだ」

フィデルマは満面の笑顔になった。

「ちらりと思っただけですわ。わざわざお時間をいただいて、質問にお答えくださってありがとうございました」

キアンはふたたび踵を返そうとしたが、ふとためらった。彼は動くほうの腕をぎごちなくあげた。

「フィデルマ、俺たちが敵対する必要はないだろう。そこまで邪険《じゃけん》に……」

彼女は蔑《さげす》むようなまなざしを向けた。

「申しあげましたでしょう、キアン、私たちは敵対しているわけではありません。敵対というのは、たがいの間になんらかの感情が残っているものです。今の私たちの間にはなにひとつありません。邪険もなにも」

そう口にしている間も、それが嘘であることはフィデルマ自身にもわかっていた。じっさい今、自分はキアンに対して軽蔑心を抱《いだ》いている。つまりなんらかの感情は存在しているのだ――まったくもって気に入らなかった。あの頃彼に与えられた苦しみからほんとうに立ち直っているならば、なにひとついっさい感じないはずなのに。認めたくないというよりも、そのこと自体が不愉快でたまらなかった。

第十一章

次の聞きこみは、船を隅々まで捜索したというブルトン人の船員、ガーヴァンに決めた。どこにいるかと船長のマラハッドに訊ねると、下層で〝ゴーキング〟中だといわれた。フィデルマにはそれがどういう意味かはわからなかったが、マラハッドはウェンブリットを呼び、ともかくガーヴァンが作業している場所まで案内させた。

ガーヴァンは船首側の、備蓄品倉庫とおぼしき場所にいた。その部屋は、カオジロガン号の船員たちがめいめいハンモックをさげている大部屋の奥の、さらに舳先《へさき》側にあった。大部屋では、細いロープで編んだ網の両端を梁《ビーム》から紐でぶらさげた吊り寝台が船の動きに合わせてゆらゆらと揺れており、幾人かの船員が疲れ切って眠りこけていた。なにしろ時化《しけ》の間、みな夜どおし起きていたのだ。ウェンブリットはランタンを手にハンモックの間を縫うように進み、箱や樽が山積みになった空き部屋へ入っていった。

船の壁面が見えるように箱がいくつかどけてあった。ガーヴァンは、積みあげた箱の上にランタンを置き、バケツを傍らに、なにやら土のようなものを板張りの隙間に押しこんでいた。フィデルマがひとりでも主甲板まで戻れることを確認すると、ウェンブリットはふたりを残して倉庫部屋を出ていった。

ガーヴァンが作業の手を止めないので、フィデルマは傍らにしゃがみこんだ。船の板張りのあちこちから幾筋もの水が細く流れているのを見て、この木の外板の向こう側は海なのだと今さらながらに実感した。

「危険ですか？」声をひそめて訊く。「海水がどっと入ってきたりはしないのですか？」

ガーヴァンが歯を見せて笑った。

「心配いらんですよ、姫様。水漏れなんてのはどんな船でも起こるもんです。あんなところを通ったあとはなおさらですわ。なんせ時化が来たと思ったら、お次はあの海峡《ネック》を抜けるときたもんだ。外板が二、三枚吹っ飛ばなかったのが不思議なくらいでさ。とはいえこの船は頑丈ないい船だし、外板も平張り（船の外板を隙間なく並べる方式）なんで、ちょっとやそっとの波じゃやられやしません」

「それはなんの作業ですか？」フィデルマはそれでもまだ不安が拭いきれず、おまけに認めたくはなかったが、〝平張り〟の意味すらてんでわからなかった。

「コーキングという作業でして、姫様」ガーヴァンはバケツを指し示した。「榛《はしばみ》の葉です。こいつを板張りの間に押しこんどけば、水漏れが止まるんですわ」

「ずいぶんと……大ざっぱですけれど、荒波に耐えられるのですか」

「昔ながらの方法でしてね」彼は胸を張って答えた。「あっしらの先祖のヴェネト人(1)が、ユリウス・カエサルとの戦《いくさ》に向かうときの巨大船団もこのコーキングを用いとりました。ですが、コーキングの話を聞きにわざわざこんなとこへおりてらしたわけじゃありませんな？」

　フィデルマはしかたなく頷いた。

「ええ。あなたがシスター・ムィラゲルを探したときのことを伺いたいのです」

「波にさらわれなさった修道女様のことですかね？」ガーヴァンは作業の具合を確認しているのか、ふと黙りこんだ。やがて口を開いた。「あっしが船長に捜索を任されたんですがね。全長二十四メートルの船じゃ、わざとだろうとたまたまだろうと、人ひとり隠れられるような場所なんてそれほどありゃしません。その修道女様が乗ってらっしゃらないことはすぐにわかりましたな」

「隅々まで探したのですか？」

　ガーヴァンは辛抱強く笑みを浮かべた。

「その気になりゃ隠れられそうな場所はひとつ残らず探しましたわ。とはいえいくらその修道女様でも行かんだろうと思ったんで、〝ビルジ〟は探しとりませんな——ビルジってのは船底のことで、汚水なんかが溜まって鼠がうようよしてるとこです」

　フィデルマは思わず身震いをした。それを見て、ガーヴァンはやや人の悪い笑みを浮かべた。

「いやいや、姫様、捜索済みだっていう客室は別として、とにかく全部探しましたんで。お気の毒ですがね、あの修道女様は海に転落なさったとしか考えられませんな」

「ありがとうございました、ガーヴァン」フィデルマは立ちあがると、船の後方へ戻っていった。

次の訊問はシスター・ゴルモーンにと決めていたわけではなかったが、たまたま通りかかったのが彼女の客用船室の前だった。フィデルマはノックをして客室を覗きこんだ。シスター・ゴルモーンは憂鬱《ゆううつ》そうな青ざめた顔をして、寝棚に腰をおろしていた。

「お邪魔かしら？」どうぞ、というゴルモーンの声に応えて室内に入るなり、フィデルマは訊ねた。

「シスター・フィデルマ」娘は苛立たしげに顔をあげた。「邪魔されたって別にかまわなくてよ。だいたい、この船旅もあたしが思ってたのとは大違いだったし」

「どんな旅を想像していたのですか？」自分も腰をおろしながら、フィデルマは訊ねた。

「そうね」そう訊かれて思うところがあったのか、娘はふと黙った。「なんだって想像どおりにいくはずなんてないけど……この船旅が巡礼の旅であり、生けるキリストを知っていたかたの亡骸《なきがら》の眠る聖廟への旅だというんなら……もうちょっと刺激的な、唯一無二の旅であってもいいんじゃゃなくて？」

「じゅうぶんに刺激的ではないかしら？　なにしろこれだけさまざまなことが起こっているんですもの」フィデルマはわざと軽い口ぶりで話しつづけた。

シスター・ゴルモーンが唇をすぼめた。待ってみたが答えがないので、フィデルマは彼女の近くの椅子にすわったまま、真面目な口調になって、いった。

「あなたがたの巡礼団がシスター・ムィラゲルを失ったことはたいへん悲しい衝撃でした」

娘は不愉快そうに鼻に皺《しわ》を寄せた。

「あんな女！」その言葉には嫌悪感がにじみ出ていた。

フィデルマは即座にそれを聞きとがめた。

「シスター・ムィラゲルとはご友人ではなかったようですね？」

「亡くなったのは気の毒だけど」シスター・ゴルモーンはいいわけするようにいった。

「けれども好きではなかったのですね？」

「好きじゃなかったからって、別に申しわけないなんて思ってないわ」

「申しわけないと思うべきだ、と誰かにいわれたことがあるのですか？」

「誰だって相手が死んじゃったら、その人によくない感情を抱《いだ》いてて申しわけなかった、って思うものじゃないかしら」

「つまりあなたは彼女によくない感情を抱いていたということですか？」

「そうじゃない人なんているの？」

「私《わたくし》は部外者ですのでわかりません。みなさんは、ともに旅する巡礼団の仲間ではなかったのですか」

「そうですけど。だからって全員がおたがいを気に入ってたわけじゃないわ。あたしだって、この巡礼団にいるほかの人たちとなんて誰とも話が合わないし。といっても……」彼女はふと言葉を濁《にご》し、慌てて続けた。「とにかく、シスター・ムィラゲルは意地悪で――大嫌いだったわ！」

吐き捨てる、というほどの強い口調で、シスター・ゴルモーンはこの言葉を口にした。フィデルマは相手の娘をまじまじと観察した。

「それで、憎らしいと思っている自分は、やましさをおぼえるべきだと思っているのですね？」

「ほんとうはやましさなんてないけど」

「じっさいのところ、彼女のどんなところが嫌いだったのですか、シスター・ゴルモーン？」

娘はすわったまま、じっと考えこんだ。

「あの人、あたしが若くて貧乏な家の出だからって、ことあるごとにあたしをいじめたの。父さんは領主なんかじゃなくて馬丁だった。あたしはすこしだけ読み書きを覚えて、モヴィル修道院で勉強を続けさせてもらったの。ムィラゲルとクレラにはいつもこき使われてたわ」

「こき使われた？」修道院や宗教的施設の壁の内側では、ほかの場所とくらべて弱い者いじめなどあり得ない、などと思うほどフィデルマも能天気ではなかった。「シスター・ムィラゲルとシスター・クレラはふたりがかりであなたをいじめていたのですか？」

「シスター・ムィラゲルが親分で、シスター・クレラはその腰巾着。そういうことはいつもムィラゲルが先導してたわ」

「ではあなたにとって、彼女の死は悲しくはないのですね？」

「パウロの『ロマ人への書』にあったわよね。〝汝《なんぢ》らを責むる者を祝《しく》し、これを祝《しく》して詛《のろ》ふな〟（第十二章十四節）って？　それならあたしの魂は救われないってことだわ。別にかまわないけど」

　フィデルマはかすかに笑みを浮かべた。

「そういうことでしたら、あなたがそうした感情を抱いたとしても赦されるはずです。敵を愛するのはたいへん難しいことですから」

「でも、敵を赦すことはみずからを神に祝福された者と位置づける最も慈悲深いおこないなのでしょう？」娘は喰いさがった。

「赦しという題材は、福音書の中心をなすものです」フィデルマも認めた。「キリストが私たちを赦すかどうかは、私たちが自分の敵を赦すかどうか、それしだいだと福音書は語っています。永遠なる神の王国に受け入れられるためには、古い自分から愛情深い新たな自分に生まれ変わらねばならない、と」

　シスター・ゴルモーンは傷ついた顔をした。

「つまりあたしの頭の上には暗い運命がのしかかっているというわけね」

「もうシスター・ムィラゲルは亡くなったのですし……」フィデルマはいいかけた。

「ひどい目に遭わされたんだもの、シスター・ムィラゲルのことはまだ赦せないわ」

フィデルマは居ずまいを正しながら考えこんだ。

「おっしゃるように彼女のことが大嫌いだったのなら、なぜこの巡礼の旅へ？」

「まとめ役はシスター・カナーだったのよ。カナーもひどい人だったけど」

「どのように？」意外だった。「シスター・カナーもあなたをいじめていたのですか？」

「そうじゃないわ」娘はかぶりを振った。「シスター・カナーには無視されてただけ。あたしの存在にすら気づいてなかったんじゃないかしら。みんな大嫌い！　どれだけあたしが――」娘はふいに真っ青になり、不安げにフィデルマを見た。「あたしはシスター・ムィラゲルにあんな死にかたをしてほしかったんじゃないの。ただちょっと懲《こ》らしめたかっただけなの」

「懲らしめたかった？　どういうことです？」

シスター・ゴルモーンはなにか気がかりなようすだった。

「ほんとうよ、そんなつもりじゃ」

「つもり、とは？」フィデルマは眉をひそめた。「そんなつもりじゃなかった、とはどういうことですか、修道女殿？　ムィラゲルの失踪にあなたが関わっている、とそうおっしゃっているのですか？」

娘は自分の頭に浮かんだ考えに恐怖をおぼえたかのように、目をみはってフィデルマを見つめた。

「あたし、あの人が不幸になりますようにって呪っちゃったんです。ゆうべ夜中に、あの人の部屋の前で」

この大げさな告白を面白がるべきか、衝撃を受けるべきか、フィデルマは迷った。

「昨夜、夜中に、あなたは彼女の客室の前に行き――呪いの祈りを捧げたというのですか、あの時化のさなかに？　そうおっしゃっているのですか？」

シスター・ゴルモーンはゆっくりと頷いた。

「時化の真っただ中だったわ」

「彼女に会いに、中に入りましたか？」

「いいえ。立ったまま、『詩篇』の文句を唱えて呪ったの」彼女はうわずった声で唱えはじめた。

「〝その目をくらくして見《みえ》しめず　その腰をつねにふるはしめたまへ
願《ねがは》くはなんぢの忿恚《いきどほり》をかれらのうへにそそぎ
汝《なんぢ》のいかりの猛烈《はげしき》をかれらに追及《おひしか》せたまへ〟（第六十九篇二十三～二十四節）

……

あの女の苦痛を増したまえ
犯した罪に見合うだけの罰を与えよ
汝の正しき慈悲からあの女を締め出したまえ
あの女の名を塗りつぶして生命の書より消し去り
正しき者らの中にその名が記されることのなきように！」

熱のこもった娘の声に、フィデルマは戸惑い、軽く受け流そうとした。

「『詩篇』第六十九篇の解釈としては、正確とはいいがたいですね」彼女はいった。

「でも効いたわ、そのとおりになったもの！　あたしの呪いが効いたんだわ！」娘は金切り声をあげた。「それからすぐあの人は甲板へあがっていって、神の復讐の手で海へさらわれたのよ」

「私はそうは思いません」フィデルマはそっけなく答えた。「なんらかの手がくだされたのだとすれば、それは人間の手によるものです」

シスター・ゴルモーンはしばらく彼女を見つめていたが、ふいに心境の変化が訪れたようだった。彼女は訝《いぶか》しげなまなざしを浮かべた。

「どういう意味？　あの人は海に転落した、ってみんないってたわ」

自分が余計なひとことを口にしてしまったことにフィデルマは気づいた。

「私はただ、あなたの呪いや唱えた文句のせいでそうなったわけではない、といいたかっただけです」

そういわれて、シスター・ゴルモーンはしばし考えこんだ。

「でも呪いはよくないことだから、あたしは罪を贖《あがな》わなければならないわ。でも、だからってシスター・ムィラゲルを赦すことはできないし、そう思うことに罪悪感を抱けったって無理な話よ」

「とりあえずこれだけは教えてください、シスター・ゴルモーン」フィデルマはもう、この娘の自分本位な態度にも、シスター・ムィラゲルの死はあくまでも自分のせいだと信じこんでいるようすにもうんざりしはじめていた。「夜中に自分の客室から出たといいましたね？」

娘は同意のしるしに首を傾けた。

「確か、あなたはシスター・アインダーと同室ですね？」

「ええ」

「彼女はあなたが出ていくのを見ていましたか？」

「ぐっすり眠ってたわ。あの人なかなか起きないの。見てなかったわ」

「時化のさなかでしたね？」

「そうね」

「あなたの部屋はあのなんとかいう、いわゆる階段のすぐ隣ですね。ということは、あなたは廊下を歩いてムィラゲルの客室の前まで行ったけれども、その間は誰にも会わなかったし、誰かの姿を見かけたりもしなかったということですか？」

シスター・ゴルモーンは頷いた。

「その時間には誰もいなかったわ」きっぱりという。「ひどい荒れ模様だったし」

「つまり話をまとめると、あなたは彼女の客室のドアの前まで行ったけれども中には入らず、立ったまま彼女に向かって呪いの文句を唱えた、ということですね。それを誰かに聞かれましたか？」

「その頃には雨風がひどくなってたから、隣に立っててもあたしの声が聞こえたかどうか」

フィデルマは彼女を見やった。その言葉を信じたいのはやまやまだった。素《す》っ頓狂《とんきょう》ではあるが、信じがたいことがじつは真実であり、もっともらしいことが嘘であることも少なくない。

「あなたのいう〝呪い〟を唱えながら彼女の客室の前に立っていたのはどのくらいの時間ですか？」とさらに問いただす。

「さあ。しばらく立ってたわ。十五分くらいかしら。憶えてないけど」

「呪いの言葉を唱えたあとはどうしましたか？」

「部屋に戻ったわ。シスター・アインダーはあいかわらず眠ってて、雨風もあいかわらず荒れ狂ってた。寝棚に横にはなったけど、結局時化が収まるまで眠れなかった」

「部屋の外で音はしませんでしたか？」

「廊下の向かい側でドアが閉まる音がしたような気がするわ。うとうとしかけてたのに、一瞬それで目が覚めちゃったの」

「雨風の音が激しい中で、なぜその音だけは聞き分けられたのですか？　あなたの声を聞いた人などいるはずがない、とたった今口にしたばかりではありませんか。なぜ客室のドアが閉まる音は聞こえたのですか？」

シスター・ゴルモーンは喧嘩腰に顎を突き出した。

「だって聞こえたんだもの。そのときには時化が収まりはじめてたから」

「わかりました」フィデルマはいった。「私はただ、過《あやま》たぬ事実を脳裏に焼きつけたという確信が欲しいだけです。それで、あなたが閉まる音を聞いたというドアは、廊下の向かい側にある客室のものだったというのですね」

「キアンとバーニャの部屋よ」

「なるほど。そのあとはもう起こされることはなかったですか？」

シスター・ゴルモーンは不安げな表情を浮かべた。「あたしの呪いがあの人を殺したのよ。あたしにもいつか罰《ばち》が当たるんだわ」

フィデルマは立ちあがり、哀れみのまなざしで娘を見おろした。シスター・ゴルモーンは明らかに不安定になっている。悩みを聞いて相談に乗ってくれる友人、つまりアナム・ハーラ(2)〔魂の友《ソール・フレンド》〕の助けがまさに必要だった。アイルランド五王国の教会に属する者はかならず、アナム・ハーラを各々選ぶのが通例だった。

「こんな古い諺《ことわざ》もありますよ」宥《なだ》めるようにフィデルマはいった。「〝千の呪いも衣一枚切り裂かず〟(中東の諺)」

娘は顔をあげ、フィデルマを見た。

「あたしがシスター・ムィラゲルを呪い殺してしまったんだわ。今度はあたしが自分自身を呪えばいいのよ」

彼女は自分で自分の肩を抱き、前後に身体を揺らしながら、か細い声で口ずさんだ。

「〝我が生れし日亡《ほろ》びうせよ
男子《をのこ》胎《はら》にやどれりと言《いひ》し夜も亦然《またしか》あれ
その日は暗くなれ、神上《うへ》よりこれを顧《かへり》みたまはざれ
光これを照《てら》す勿《なか》れ
暗闇《くらやみ》および死蔭《しのかげ》これを取《とり》もどせ
雲これが上《うへ》をおほえ、日を暗くする者これを懼《おそれ》しめよ
その夜は黒暗《くらやみ》の執《とら》ふる所となれ
年《とし》の日の中《うち》に加《くは》らざれ

月の数《かず》に入《いら》ざれ
その夜は孕《はら》むこと有ざれ
歓喜《よろこび》の声《こゑ》その中《うち》に興《おこ》らざれ
日を詛《のろ》ふ者……〟（『ヨブ記』第三章三〜八節）」

フィデルマは少々いやな気分のまま、詠唱を続ける道理の通じない娘を残して立ち去った。いったいあの不愉快な修道女たちの誰に、シスター・ゴルモーンの面倒を見てやってくれと頼めばよいのだろう？　あの娘にはどう見ても相談相手が必要だ、だが今フィデルマ自身にはそんなことにかかずらっている暇はなかった。だがほかは当てになりそうにない。シスター・アインダーが親身になってくれるとは思えないし、クレラでは若すぎる。このことについてはあとで考えるとして、とりあえずダハルとアダムレーとバーニャとトーラに話を聞かねばならなかった。

ふいに、そういえば巡礼団の中にまだひとり、まったく姿を見ていない人物がいることに気づいた。名前はブラザー・ガスだ。乗船してからも彼は一度として客用船室から出てこず、あの危険な海路を通って岩場を越えたさいにマラハッドが全員甲板にあがるよう指示したときですら、姿をあらわさなかった。同室の者はブラザー・トーラだ。トーラが先ほど大檣《メインマスト》近くの天水桶の傍らに腰をおろして読書しているのを見かけたので、まだ会えていないその修道士に突撃するには今が絶好のチャンスだと思った。

フィデルマは客用船室のドアをノックし、待った。

ドアの向こう側で身動きの音がしたが、また静かになってしまった。もう一度ノックしてみた。か細い声で中に入るよういわれたのでドアを開けたが、室内があまりに暗く、まばたきを何度も繰り返してようやく、目が慣れてあたりが見えるようになった。寝棚のひとつに腰かけている男の姿がぼんやりと見えた。

「ブラザー・ガスですね？」

戸口で立ち止まると、修道士の黒っぽい頭が彼女のほうを向いた。

「ガスです」声が震えていた。

「明かりを入れても？」フィデルマは返事を待つまでもなく、外の廊下にぶらさがっていたランタンを取り、客用船室の中に置いた。

明かりに浮かびあがった修道士は若かった。フィデルマはいくつかの特徴を見て取った。赤みがかったくしゃくしゃの髪、そばかすだらけの血色の悪い肌、怯えたような大きな青い瞳、長身で痩せているが身体つきは強靭《きょうじん》そうだ。視線を合わせると、彼はまるでやましいことのある子どものように目を伏せた。

「甲板でもお目にかかっていませんし、食事にもいらしていませんでしたね」寝棚に腰かけた彼の傍らにすわると、彼女は切り出した。「まだご気分がすぐれないのですか？」

ブラザー・ガスは訝しげにフィデルマを見た。「ずっと気分が悪いので――波で揺れてるせいでしょう。あなたは？」

「フィデルマといいます。〝キャシェルのフィデルマ〟です」

「ブラザー・トーラから聞いています。僕はずっと具合が悪くて」彼は同じことをもう一度繰り返した。

「そのようですね。今はいくらかよくなりましたか？」

返事はなかった。

「海も凪《な》いできましたから、そんなに長いこと客室にこもっていてもよくありませんよ。甲板に出て新鮮な空気をお吸いになるといいですわ。そういえば、全員が甲板にあがるよう指示されたときにもお姿を拝見しませんでしたね」

「その指示が自分にも当てはまるとは思わなかったので」

「危険に気づいていなかったのですか？」

若者は答えなかった。かわりに、あいかわらず不信に満ちたまなざしでフィデルマを見ている。

「ガスというのは珍しいお名前ですね」フィデルマは話を続けた。「たいへん古い名前なのではありませんか？」身がまえた態度を崩すには、とにかく話させることが先決だ。

若者は軽く首をかしげた。

「確か、〝活力〟や〝荒々しさ〟といった意味ではありませんでしたか。〝ガサーン〟と呼ばれることもあるのでは？」わざと〝ちいさい〟をあらわす接尾辞をつけて呼んでみた。若造扱いされれば、逆に怒って喰いついてくるのではないかと思ったからだ。

じっさい、若者はこのひとことに顔をしかめた。

「僕はガスです」むっとしたようすだ。

「モヴィル修道院からいらしたのですよね？」

「モヴィル修道院の学生です」若者は答えた。歳は二十歳そこそこだろう。

「なにを学んでいらっしゃるの？」

「尊者《ヴェネラブル》(3)クミアン(4)に師事して星に関する知識を学び、天空における現象を記録する手伝いをしています」沈んだようすとは裏腹に、青年の声は誇らしげだった。

「クミアン？　まだご存命でいらっしゃるのですか？」フィデルマは純粋な驚きからそう口にした。

若者が眉をひそめた。

「尊者クミアンをご存じなのですか？」

「あのかたの評判は耳にしています。彼はバンゴアの偉大なる修道院長であるモ・シニュウ・モックー・ミン(5)に師事し、天文学による計算《コンプトゥス》(6)に関する書物を数多く著しています。けれどもたいへんご高齢のはずです。あなたはその彼の教え子だというのですか？」

「教え子のひとりです」ガスは自信たっぷりにいった。「ですが僕はすでに第五段階の学位を修めました」

「素晴らしいですね。このような荒海のただ中で、天空の地図を読み、私たちが故郷へ戻るための安全な航路を描くことのできるかたがお仲間にいるなんて心強いですわ」

フィデルマは相手を持ちあげてうまく誘導し、この若者が抱いていた、臆面もなく踏みこんできた彼女に対する敵対心を解きほぐそうとした。気づけば、彼は常に左腕を右手でさすっていた。袖には黒っぽい染みがついている。

「腕を怪我されているようですね」気遣うようにいう。「切り傷ですか？　手当てしてさしあげましょうか？」

彼は顔を赤らめ、ふたたび眉間に皺を寄せた。「なんでもありません。ただの引っ掻き傷です」そしてまた黙りこんでしまった。

フィデルマはさらに畳みかけた。「この巡礼の旅を決めたきっかけはなんですか、ブラザー・ガス？」

「クミアンです」

「よくわかりません。この船旅に出るよう、クミアンに命じられたということですか？」

「クミアンには聖ヤコブ大聖堂への巡礼の旅の経験があり、教養を深めるためにも、僕もその旅に出るべきだと勧められたのです」

「世界の国々の見識をひろげるためですか？」フィデルマはあえて踏みこんだ。

若者は呆れたように首を横に振った。

「違います。星を見るためです」

フィデルマはふと考えこんだが、ふいに彼のいわんとすべきところを理解した。

「聖ヤコブ大聖堂があるのは〝星の野〟(7)ですものね？」

「大聖堂に佇《たたず》み、澄みわたった夜空を見あげれば、〈白き牛の道〉が弧を描いてアイルランド五王国まで続いているのを目で追うことができる、とクミアンはおっしゃいました。千年前、われわれの先祖は〈白き牛の道〉を渡って海岸にたどり着き、そこに根をおろしたといわれています」若者の口調がふいに熱を帯びた。

〈白き牛の道〉がさまざまな名で呼ばれていることはフィデルマも知っていた。ラテン語では〝キルキュルス・ラクテウス〟、〝天の川《ミルキーウエイ》〟である。

「これこそかの地が〝星の野〟と呼ばれる所以《ゆえん》です、星々がそれは鮮明に見えるのですから」若者はいい添えた。

「つまりクミアンがあなたに、この巡礼の旅に出るよう勧めたということですね？」

「シスター・カナーが巡礼の旅を呼びかけたさい、僕が彼女とともに行けるよう、クミアンが手配してくださったのです」

「シスター・カナーとは当然お知り合いでしたね？」

彼はかぶりを振った。

「尊者クミアンに紹介していただくまではまったく知りませんでした。星に関する知識を学ぶわれわれ学生は、ほかの集団とまったく交流がありませんので」

「ではあなたは、この巡礼団の中に誰も知り合いがいなかったのですか？」

ブラザー・ガスは眉をひそめた。

「ブラザー・キアンもブラザー・ダハルもブラザー・アダムレーも、むろんブラザー・トーラのこともいっさい知りませんでした。彼らはバンゴア修道院の人たちですから。残りの人たちの中には、見かけたことのある人たちもいましたが」

「たとえばシスター・クレラは？」

ふと、嫌悪の表情が彼のおもざしに浮かんだ。

「クレラのことは知ってます」

フィデルマはすぐに身を乗り出した。

「彼女のことが好きではないのですか？」

ガスはふいに身がまえたように見えた。

「好きとか嫌いとか、僕がいえる立場にはありません」

「けれども好きではないのですね」フィデルマは繰り返した。「なにか特別な理由があってのことですか？」

ガスは肩をすくめたが、なにもいわなかった。

フィデルマは別の角度から攻めることにした。

「シスター・ムィラゲルのことはよくご存じだったのですか？」

ブラザー・ガスは慌ただしくまばたきを繰り返し、先ほども見せた、身がまえるような表情をちらりとおもざしに浮かべた。

「巡礼の旅が呼びかけられる前にも、修道院で何度か顔を合わせていました」その声は硬かった。フィデルマはあえて、もうひとつの解釈に踏みこんでみることにした。

「ムィラゲルに好意を持っていましたか？」

「否定はしません」ガスはぽつりといった。

「好意以上のものを？」とけしかけてみる。

若者がきっと口を結んだ。目が合った。いうべき言葉を決めかねてためらっているようなまなざしだ。

「ですから……好意を持っていた、といってるんです！」嚙みつくような口調だった。

フィデルマは相手の胸の内を推し量ろうと、ふと背筋を伸ばした。

「それはなんら悪いことではありません」彼女はきっぱりといった。「彼女はあなたのことをどう思っていたのですか？」

「彼女も応えてくれました」彼は静かにいった。

「申しわけありません」フィデルマはつい彼の腕に片手を伸ばした。「立ち入ったことを伺って。彼女の死の状況について聞きこみ調査をしてほしい、と船長に依頼されているものですから。それでこういった質問も必要なのです。ご理解いただけますかしら？」

「死の状況？」若者が声をあげて笑った――耳障りで調子外れな、罵《ののし》るような笑い声だった。

「彼女の死の状況なら僕が教えてさしあげますよ。殺されたんです！」

フィデルマは若者の怒りに満ちた顔をじっと見て、それから静かにいった。「単に海へ転落しただけだ、とは思っていないということですか？　ではあなたは、彼女になにが起こったのだと思っているのですか、ブラザー・ガス？」

「知るものか！」ずいぶん性急な答えだったのではなかろうか？

「その誰かが彼女を殺した動機は？」

「嫉妬でしょう、たぶん」

「誰が彼女に嫉妬していたのですか？　誰が彼女に殺意を抱く可能性があったというのです？」フィデルマは問いただした。そこでふと、シスター・クレラが追悼の場でブラザー・バーニャを非難していたのを思いだした。〝嫉妬してただけでしょう〟クレラはそういっていた。フィデルマは身を乗り出した。「嫉妬していたのはブラザー・バーニャですか？」

ブラザー・ガスは戸惑いの表情を浮かべた。

「バーニャ？　確かにあいつも嫉妬深い。でもムィラゲルを殺したのはクレラだ」

予想とは異なる答えに、フィデルマは一瞬言葉を失った。

「証拠はあるのですか？」抑えた声で訊ねる。

若者はためらったのち、勢いよくかぶりを振った。

「とにかくやったのはクレラだ」

「最初から全部話していただいたほうがよさそうですね。シスター・ムィラゲルと初めて会ったのはいつですか？　あなたが彼女と関わるようになったのは、じっさいはなにがきっかけだったのです？」

「僕が、修道院に入ってきた彼女にひと目惚れしてしまったんです。初めは存在にすらほとんど気づいてもらえていませんでした。彼女は大人の男が好みでしたから。それこそブラザー・キアンのような。あいつは大人だし、しかももと武人だ。彼女は間違いなくあいつに惚れてました」

「彼もムィラゲルのことを？」

「初めのうちはよく一緒にいるところを見ました」

「ふたりは深い仲だったのかしら？」

ブラザー・ガスは顔を赤らめ、下唇を一瞬震わせた。やがて頷いた。

「クレラはなぜ嫉妬していたのですか？」

「彼女は、シスター・ムィラゲルを自分から奪う相手には誰かれかまわず嫉妬していました。

でも……」彼はなにかを思い返すように、ふといいやめた。

フィデルマは続きを急かした。「でも……なんです？」

「今回は、シスター・ムィラゲルのほうが、クレラからキアンを奪ったんです」

フィデルマは必死に胸の内を顔に出すまいとした。ブラザー・ガスのいうことは予想もつかないものばかりだ。

「つまり、キアンはクレラと関係を持ったあと、彼女からムィラゲルに乗り換えたというのですか？」

「過ちだったとシスター・ムィラゲルは認めていました。キアンとの関係は結局ほんの数日間で終わってしまったんです」

「あなたはシスター・ムィラゲルと恋仲だったのですか？」フィデルマは唐突に訊ねた。

若者は頷いた。

「いつ頃からですか？」

「この巡礼の旅の直前からです。恩師にいわれたのでこの巡礼団に入ることにしたと話すと、ムィラゲルは自分も入れてくれ、と無理やりカナーに頼みこんだんです。当然クレラも同行することになりました」

「あなたを追ってこの旅に来るとは、彼女はよほどあなたのことが好きだったのでしょうね」

「じつは、なんというか、正直をいうと、そんなふうに彼女が僕に目を留《と》めてくれるなんて思ってもみなかったんです。でも彼女は僕を見つけて、あなたのことが好きなの、とはっきりいってくれました。それまで僕は想いを口にしたことなんて一度もありませんでした。彼女が僕を見てくれることなんてまずないと思ってましたから。告白されて……その、ともに過ごして、愛を育んだんです」

「クレラはあなたたちの関係を知っていたのですか？　彼女は、ムィラゲルと深い仲だったのはキアンだと今も思っているようです」

ガスの瞳が暗くなった。

「知っていたはずです。それでムィラゲルの幸福を妬んだんです。脅《おど》されてる、とムィラゲルは話していました」

「どういうことですか――ムィラゲルがあなたに、自分はクレラに脅されている、と話したのですか？　ふたりがいい争っているのを見聞きしたことがありますか？」

「いい争い――ええ。アードモアに到着する二、三日前のことでした。食事をとるために旅《はた》籠《ご》に寄ったんですが、ムィラゲルが水浴びをしたいと近くの小川へ行きました。僕がエールを頼んで、それを手にムィラゲルが水浴びをしている場所へ向かうと、彼女とクレラが声を張りあげて口論している声が聞こえました」

「話の内容を憶えていますか？　一語一句正確に？」

「一語一句、正確には思いだせないかもしれませんが、クレラがムィラゲルを非難していました……」彼はためらい、赤面した。「……僕の愛情を弄《もてあそ》ぶな、と——そういっていました。ほかの男たちの愛情をさんざん弄んでおいて、今度は僕か、と。ムィラゲルはまだキアンに未練がある、とクレラは思いこんでいたんです」

「あなたの愛情を弄ぶな、と?」フィデルマはおうむ返しにいった。「ムィラゲルはほんとうに、キアンとは終わっていたのですか? 彼に別れを告げられた腹いせに、あなたを利用していただけでは?」

ガスは腹を立てたようだった。

「まさか。僕らは世の健全な人々と同じく、ちゃんと愛を確かめ合っていた」

若者がなにをいわんとしているのかは明らかだった。

「神に仕える仲間がほかにもいる旅のさなかに、あなたがたは時間と場所を見つけてはそうしていたということですか?」フィデルマは俗ないいかたにならぬよう、気を遣いながら口にした。

「嘘じゃありません」ガスは憤慨したようすだった。

「そうでしょうとも」フィデルマは真面目な顔でいった。

「ほんとうです!」若者は彼女の口ぶりに苛立っているようすだった。「クレラの嫉妬になど耳を傾ける必要はありません」

「いいでしょう。では船が出航したときのことを伺います。あなたとムィラゲルは同時に乗船したのですか？」

「全員一緒に乗りこみました。シスター・カナー以外は」

「乗船するまでのようすを聞かせていただけますか？」

「僕らは朝食後に修道院を発《た》ち、波止場に向かいました。シスター・カナーがあらわれなかったので、ムィラゲルが責任者ということになりました。そこへマラハッドがやって来て、ただちに乗船しないと潮流を逃してしまう、そうなれば船賃をみすみす海に捨てることになるぞ、というので、全員乗りこんだんです」

「シスター・カナーを置いていくことに反対の声をあげる人はいなかったのですか？」

「僕たちと同行する決心がほんとうに固ければ、なんとしても都合をつけて、夜明けに波止場で合流する手はずを整えたはずだろう、ということで意見が一致しました。カナーが伝言ひとつ寄越していないことを指摘したのはシスター・クレラでした」

「シスター・ムィラゲルが責任者になったのはなぜですか？」

「モヴィル修道院では彼女が二番めの古参でしたので」

「どう見ても、ブラザー・トーラやシスター・アインダーのほうが年長だと思いますが」

「トーラはバンゴア修道院の人間です。アインダーはただ年齢が上というだけです」

「とはいえ、今はブラザー・キアンがあなたがたを仕切っているようですね。彼もバンゴア修道院のかたでしょう」

「あいつに仕切る権利なんかありませんよ。シスター・ムィラゲルはけっしてあいつにそんなことはさせなかった。身分に関しては敏感でしたから。彼女の地位を奪うには、よほどの有力者でもなければ無理だったでしょう」

「そして彼女がこの一行の責任者となり、あなたがたは乗船した。それから？」

「全員、そのままそれぞれの客室に入りました」

「部屋の割り振りを決めたのは誰ですか？」

「ムィラゲルです」

「それはいつですか？」

「乗船してすぐです」

「それほど近しい仲ならば、なぜムィラゲルとクレラは同室にならなかったのでしょう？」

「ムィラゲルがそうしたくなかったからです。理由はお話ししたとおりです。ムィラゲルとクレラは僕のことでいい争いになっていました」

「ムィラゲルは、当初はカナーと同室になる予定だったとクレラは話していました」

「初耳です」ブラザー・ガスはにべもなくいった。「それに、そのときシスター・カナーはいませんでした」

「では、シスター・ムィラゲルは乗船したとたんに具合が悪くなったわけではなく、あなたがた巡礼団の新たなまとめ役をそれなりにこなしていたのですね？」

「責任者としての自覚は持っていました」ガスは答えた。「でもあなたが乗船してきたのは予定外でした。彼女は自分がひとり部屋になるように客室を割り振ったんです。のちのち僕たちが……」身を震わせ、両手で顔を覆う。

「私という闖入者が自分の客室に入ってきて、彼女はさぞ腹を立てたことでしょうね」フィデルマは水を向けた。

「そのとおりです」ガスは認めた。

「なぜあなたがそれを知っているのですか？」フィデルマは畳みかけた。

ガスは動じなかった。

「会いに行きましたから」彼はいった。

「でも彼女は、具合が悪すぎて誰にも会いたくないといっていましたよ」

「僕には会いたがってたんです」

「そうですか。最後に彼女の姿を見たのはいつですか？」

「たぶん真夜中をすこし過ぎた頃だと思います。時化はかなりひどくなっていました」

「そのときにあったことを話してください」

「彼女のところに食べものと飲みものを持っていって、しばらく話をしました。それだけです。そういえばいっとき、部屋の外で誰かの声がしていました。風と雨の音は激しかったですが、僕にも彼女にも聞こえました。話し声ではなかったようです。というよりも、風や海の轟《とどろ》きに向かって誰かが大声で朗唱しているような声でした」

「誰の声でしたか?」

「わかりません。女性の声でした。誰かは知りませんが、中に入ってくるでもなく、ノックをするでもありませんでした。ただドアの外でなにやらぶつぶつと呟いていました。やがて声がやんだので、僕がドアまで行って外を覗いてみました。もう誰もいませんでしたが、客室のドアが閉まる音が聞こえたような気がしました」

「それからあなたがたはなにを?」

「今夜は休みたいから自分の部屋に戻ってくれとムィラゲルにいわれました。いずれまたチャンスはあるだろうから、と。僕はいわれたとおりにしました。朝になるとキアンがやって来て、彼女が海に転落したというんです。僕は耳を疑いました」

「あなたはその知らせに打ちひしがれて、それ以来ずっとこの部屋に閉じこもっているというわけですか?」

ブラザー・ガスは肩をすくめた。

「ほかの人たちと顔を合わせたくなかったんです、とりわけクレラとは」

フィデルマは立ちあがり、ドアに向かった。

「ありがとうございました、ブラザー・ガス。たいへん参考になりました」

若者は顔をあげて彼女を見た。

「シスター・ムィラゲルは海に転落したんじゃありません」彼はいい募った。

フィデルマは答えなかった。だが口に出さずとも、それには間違いなく賛同していた。とはいえひとつだけ腑に落ちないことがあった。愛する女性を失ったばかりであれば、たいていの者は全身から悲しみがにじみ出ているものだが、ブラザー・ガスからはそういったものがいっさい感じられなかったのだ。

訳　註

歴史的背景

1　キルデア＝キル・ダラ〔オークの森の教会〕。現在のアイルランドの首都ダブリンの南に位置する地方。アイルランドで聖パトリックに次いで敬慕されている聖女ブリジッドによって、この地に修道院が建てられたという。フィデルマは、尼僧として、一時この修道院で暮らしていた。

2　聖ブリジッド＝聖女ブリギット、ブライドとも。四五三年頃～五二四年頃。アイルランドで聖パトリックに次いで敬慕されている聖職者。若くして宗門に入り、めざましい布教活動をおこなった。キルデアに修道院を設立。アイルランド初期教会史上、重要な聖女。詩、治療術、鍛冶の守護聖者でもある。フィデルマはモアン王国の人間であるが、ラーハン王国のキルデアに建つ聖ブリジッドの修道院に所属して、ここで数年間暮らしていたため、〝キルデアのフィデルマ〟と呼ばれていた（のちにキルデアを去って、〝キャシェルのフィデルマ〟と名乗るようになる）。

3　ドーリィー＝古代アイルランド社会では、女性も、多くの面でほぼ男性と同等の地位や権利を認められていた。女性であろうと、男性とともに最高学府で学ぶことができ、高位の公的地位に就くことさえできた。古代・中世のアイルランド文芸にも、このような女性が高い地位に就いていることをうかがわせる描写がよく出てくる。このシリーズのヒロイン、フィデルマは、このような社会で最高の教育を受け、ドーリィー〔法廷弁護士。ときには、裁判官としても活躍することができた〕であるのみならず、アンルー〔上位弁護士・裁判官〕という、ごく高い公的資格も持っている女性で、国内外を舞台に縦横に活躍する。古代アイルランドの学者の社会的地位は、時代や分野によって若干違いがあるようだが、大体において七階級に分かれていた。最高学位がオラヴ、第二位がアンルーなのである。フィデルマは、むろん作者が創造した女性ではあるが、けっして空想的なスーパー・ウーマンといった荒唐無稽な存在ではなく、十分な根拠の上に描かれたヒロインである。

4　アイルランド語＝古代ケルト民族のうち、アイルランドやスコットランドに渡来してきた種族が、ゲール人、のちのアイルランド人である。彼らの言語のアイルランド語は、十二世紀半ば以来、七百年続いた英国による支配の歴史の中で使用を禁じられ、アイルランドの日常語は英語となってしまったが、日常生活の中でアイルランド語を使っている地方も、まだわずかながら残っている。著者は、表記を〈アイルランド〉で統一しているが、〈ゲール〉には古い過去の雰囲気や詩的情緒が漂うようで、訳文では、ときにはゲール、ゲール人、ゲール語という表現も用いている。

5　ウラー＝現在のアルスター地方。アイルランド北部を占める。アイルランド五王国のひとつ。

6　コナハト＝アイルランド五王国のひとつ。アイルランドの北西部を占める。古代叙事詩『クーリィーの家畜略奪譚』をはじめ、数々の英雄譚伝説にしばしば登場する地方。現在の西部五県（ゴールウェイ、メイヨー、スライゴー、リートリム、ロスコモン）。

7　モアン＝現在のマンスター地方。モアン王国はアイルランド五王国中最大の王国で、首都はキャシェル。キャシェルは現在のティペラリー州にある古都で、町の後方にそびえる巨大な岩山〈キャシェルの岩〉の頂上に建つキャシェル城は、モアン王の王城でもあり大司教の教会堂でもあって、古代からアイルランドの歴史と深く関わってきた。現在も、この巨大な廃墟は、町の上方に威容を見せている。この物語の主人公フィデルマは、数代前のモアン王ファルバ・フランの娘であり、現王である兄コルグーとともに、このキャシェル城で生まれ育った、と設定されている。

8　ラーハン＝現在のレンスター地方。モアン王国に次ぐ勢力を誇り、モアンと絶えず対立関係にある強大な王国。モアン王国の王妹フィデルマが所属する修道院の所在地はキルデアなので、彼女はよく〝キルデアのフィデルマ〟と呼ばれているが、キルデアは、ラーハン王国内の地。

9　大王《ハイ・キング》＝アイルランド語ではアード・リー。〝全アイルランドの王〟、あるいは〝アイルランド五王国の王〟とも呼ばれる。古くからあった呼称であるが、強力な勢力を持つようになったのは、二世紀の〝百戦の王コン〟、その子である三世紀のアルト・マク・コン、アルトの子コーマク・マク・アルトの頃。実質的な大王の権力を把握したのは、十一世紀初めの英雄王ブライアン・ボルーとされる。大王は、ミースの王都タラで、政治、軍事、法律などの会議や、文学、音楽、競技などの祭典でもあった国民集会〈タラの祭典〉を主宰した。しかし、この大王制度は、一一七五年、英王ヘンリー二世に屈したロリー・オコナーをもって、終焉を迎えた。

10　ミー＝現在のミース。アード・リー〔大王《ハイ・キング》〕が政《まつりごと》をおこなう都タラがある。

11　タラ＝現在のミース州にある古代アイルランドの政治・宗教の中心地。〝九人の人質を取りしニアル〟により、大王の王宮の地と定められたとされる。遺跡は、紀元前二〇〇〇年よりさらに古代にさかのぼるといわれる。

12　クラン〔氏族〕＝クランは英語になっている単語だが、語源はゲール語（アイルランド語）の〝子ども〟、〝子孫〟を意味する単語。祖先を同じくする親族集団。

13　〈フェナハスの法〉＝のちの〈ブレホン法〉。

14　〈ブレホン法〉＝数世紀にわたる実践の中で洗練されながら口承で伝えられ、五世紀に成文化されたと考えられている。しかし固定したものではなく、三年に一度、大王《ハイ・キング》の王都タラにおける祭典の中の大集会で検討され、必要があれば改正された。〈ブレホン法〉は、ヨーロッパの法律の中できわめて重要な文献とされ、十二世紀後半に始まった英国による統治下にあっても、十七世紀までは存続していた。しかし、十八世紀には、最終的に消滅した。現存文書には、刑法を扱う『シャンハス・モール』（訳註29参照）、民法を扱う『アキルの書』（訳註30参照）があり、両者とも、『褐色牛の書』に収録されている。

15　大王《ハイ・キング》オラヴ・フォーラ＝アイルランドの第十八代（一説には、第四十代）の大王とされる。伝承によれば、初めて法典の体系化をおこない、また〈タラの祭典〉を創始した、とされている。

16　大王《ハイ・キング》リアリィー＝リアリィー・マク・ニール。五世紀半ばの大王。四六三年没。英雄的な王〝九人の人質を取りしニアル〟の子。〈九人の賢者の会〉を招集し、主宰した。

17　パトリック＝三八五〜三九〇年頃の生まれ。没年は四六一年頃。アイルランドの守護聖人。ブリトン人で、少年時代に海賊に捕らえられて六年間アイルランドのシュレミッシュで奴隷となっていたが、やがて脱出してブリトンへ帰り、自由を得た。四三二年頃アイルランドにキリスト教の布教者として戻って来て、アード・マハ（アーマー）を拠点として活躍。多くのアイルランド人を入信させた。初めてアイルランドにキリスト教を伝えた人（異説あり）として崇拝されている。〈聖パトリックの日〉は、三月十七日。この日は世界各地でセント・パトリックス・デイのパレードが催されているが、日本でも、近年おこなわれるようになった。

18　フェシュ・タウラッハ＝〈タラの祭典〉、〈タラの大集会〉。三年に一度、秋に、タラの丘で開催される大集会で、アイルランド全土から人々が集まり、一種の民族大祭典ともいうべき大集会が開かれ、さまざまな催し、市《いち》、宴《うたげ》などが繰り広げられ、人々は大いに楽しむのであるが、主な目的は、①全土に、法律や布告を発布する、②さまざまな年代記や家系譜などを、全国民の前で吟味し、誤りがあればそれを正す、③国家的な大記録としてそれを収録する、という三つの目的のためであった（ダグラス・ハイド等）ようだ。

19　性的いやがらせ＝女性が、意に反して接吻を強要された場合、その女性の〈名誉の代価《オナー・プライス》〉を全額払わねばならぬ、女性の衣服の中に手を入れた場合、七カマルと三オンスの罰金、女性の体に触れたり、下着の中に手を入れた場合には、銀十オンスなどと、かなり具体的な罰則を定めて、女性をセクシャル・ハラスメントから擁護していたようだ（ファーガス・ケリー等）。

20　離婚＝〈ブレホン法〉は、『カイン・ラーナムナ〔婚姻に関する定め〕』という法律の中で、男女同等の立場での結婚をはじめとするさまざまな男女の結びつきをくわしく論じているが、離婚の条件や手続きなどについても、いろいろ定められているようである。離婚問題は、たとえば短編集『修道女フィデルマの叡智』収録の「大王廟《びょう》の悲鳴」など、《修道女フィデルマ・シリーズ》の多くの作品で触れられている。第五作『蜘蛛の巣』の第八章では、フィデルマは「……でもクラナットは、彼と離婚する権利を法によって十分認められたでしょうに？……結婚の際に持参したものを全部とり戻す権利が、彼女にはあるはず。もし持参金が一切なかったとしても、エベル（クラナットの夫）の財産が結婚期間中にそれ以前よりも増えていたら、その増加分の九分の一は、離婚に際して自動的に彼女のものと認められます」と、具体的に説いている。

21　ファルバ・フラン王＝モアンのオーガナハト王統の一員。六二二（六二八とも）～六三三年に在位。《修道女フィデルマ・シリーズ》においては、コルグーとフィデルマ兄妹の亡父という設定。

22　ダロウ＝アイルランド中央部の古い町。五五六年、聖コルムキルによって設立された修道院で有名。この修道院にあった装飾写本『ダロウの書』は、アイルランドの貴重な古文書で、現在はダブリンのトリニティ大学が所蔵。

23　ラズローン＝ダロウの修道院長。フィデルマ兄妹の遠縁に当たる。温厚明朗な魅力的な人物として、しばしば《修道女フィデルマ・シリーズ》に登場する（短編「名馬の死」、「ウルフスタンへの頌歌」など）。モアン国王であった父ファルバ・フランを幼くして亡くしたフィデルマの後見人であり、彼女の人生の師、よき助言者として描かれている。

24　〈選択の年齢〉＝選択権をもつ年齢。成人として認められ、みずからの判断を許される年齢。男子は十七歳、女子は十四歳で、この資格を与えられた。

25　ブレホン＝古いアイルランド語でブレハヴ。古代アイルランドの〝法官、裁判官〟で、〈ブレホン法〉に従って裁きをおこなう。彼らはひじょうに高度の専門学識を持ち、社会的に高く敬われていた。ブレホンの長《おさ》ともなると、司教や小国の王と同等の地位にあるものとみなされた。

26　タラのモラン師＝ブレホンの最高位のオラヴの資格を持つ、フィデルマの恩師。

27　〈詩人の学問所〉＝七世紀のアイルランドでは、すでにキリスト教が広く信仰されており、修道院の付属学問所などを中心として、新しい信仰とともに入ってきたキリスト教文化やラテン語による新しい学問も、しっかりと根づいていた。だが、古来の〈詩人の学問所〉のような教育制度が伝えたアイルランドの独自の学問も、まだ明確に残っていた。フィデルマも、キルデアの聖ブリジッドの修道院で新しい、つまりキリスト教文化の教育を受け、神学、ヘブライ語、ギリシャ語、ラテン語などの言語や文芸にも通暁しているが、そのいっぽう、古いアイルランド古来の文化伝統の中でも、恩師〝タラのモラン〟の薫陶を受けた〈ブレホン法〉の学者でもある。

28　オラヴ＝本来の意味は〈詩人の長〉。詩人の七段階の資格の中での最高の位であり、九年から十二年間の勉学と、二百五十編の主要なる詩、百編の第二種の詩を暗唱によって完全に修得した者に授けられた位。しかしフィデルマの時代には、各種の学術分野の最高学位をさすようになっていた。現代アイルランド語では、〝大学教授〟を意味する。

29　『シャンハス・モール』＝五世紀の大王《ハイ・キング》リアリィーが、八人の賢者を招集し、みずからも加わった九人で、それまでに伝えられてきたさまざまな法典やその断片を検討し、集大成をおこなった。三年の歳月をかけて、四三八年に完成した大法典が、この『シャンハス・モール』（〝大いなる収集〟の意）。アイルランド古代法（〈ブレホン法〉）の中の最も重要な文献である。

30　『アキルの書』＝『シャンハス・モール』とともに、アイルランドの古代法の重要な法典。著者がここに述べているように、『シャンハス・モール』は刑法、『アキルの書』は民法の文献のようであるが、前者を民法、後者を刑法の文献と述べる学者もあるようだ。この二大法典は、異なる時代に異なる人々によって集大成されたので、いずれにも民事に関する言及も刑事犯罪に関するものも収録されているからであろう。どちらかが刑法、どちらかが民法と、こだわる必要はないのかもしれない。『アキルの書』は、三世紀の大王《ハイ・キング》コーマク・マク・アルトの意図のもとに編纂されたとも、また七世紀の詩人ケンファエラがそれに筆を加えたとも伝えられている。コーマクは戦傷によって片目を失い、大王位を息子の〝リフィーのカーブラ〟に譲った。太古のアイルランドの掟には、王や首領は五体満足なる者であるべしとの定めがあったためである。だが、若い王は難問にぶつかると、しばしば父コーマクに教えを乞うた。それに対して、コーマクが「我が息子よ、このことを心得ておくがよい……」という形式で、息子に助言を与えた。その教えが、この『アキルの書』である、とも伝えられている。アキルは、大王都タラの近くの地名。

31　ドゥルイド＝古代ケルト社会における、一種の〈智者〉。語源は、〈全き智〉を意味する語であったといわれる。きわめて高度の知識を持ち、超自然の神秘にも通じている人とされた。アイルランドにおけるドゥルイドは、預言者、占星術師、詩人、学者、医師、王の顧問官、政《まつりごと》の助言者、裁判官、外交官、教育者などとして活躍し、人々に篤く崇敬されていた。しかし、キリスト教が入ってきてからは、異教、邪教のレッテルを貼られ、民話や伝説の中では〝邪悪なる妖術師〟的イメージで扱われがちであるが、本来は〈叡智の人〉である。宗教的儀式を執りおこなうことはあっても、かならずしも宗教や聖職者ではないので、ドゥルイド教、ドゥルイド僧、ドゥルイド神官という表現は、偏ったイメージを印象づけてしまおう。

32　ケルト・カトリック教会＝アイルランドでは、キリスト教は五世紀半ば（四三二年頃）に聖パトリックによって伝えられたとされるが、その後速やかにキリスト教国になり、聖コルムキルや聖フルサをはじめとする多くの聖職者たちがあらわれた。彼らは、まだ異教徒の地であったブリテンやスコットランドなどの王国にも赴き、熱心な布教活動をおこなっていた。しかし、改革を進めつつあったローマ教皇のもとなるローマ派のキリスト教との間には、復活祭《イースター》の定めかた、儀式の細部、信仰生活の在りかた、神学上の解釈などさまざまな点で相違点が生じており、ローマ教会派とアイルランド（ケルト）教会派の対立を生んでいた。だが、フィデルマの物語の時代（七世紀中期）には、アイルランドにおいてもしだいにローマ教会派がひろがりつつあり、九〜十一世紀には、アイルランドのキリスト教もついにローマ教会派に同化していくことになる。

33　ニカイアの総会議《カウンシル》＝三二五年、コンスタンティヌス大帝によって招集された、ニカイアの総会議は、復活祭《イースター》の日の定めかたやその他の議題で議論が紛糾《ふんきゅう》し、議場は騒然となった。結局、復活祭は「春分に次ぐ満月後の最初の日曜日」と、一応の決着をみた。

34　アード・マハ＝現アーマー。アルスター地方南部の古都で、多くの神話や古代文芸の舞台となってきた、聖パトリックがキリスト教伝道の第一歩を踏み出した地。彼によって大聖堂が建立（四四三～四四五年頃）され、その付属神学院は学問の重要な拠点となっていった。

第一章

1　ゴール＝古代ローマ帝国の属領。ガリア。フランス、ベルギーの全域から、オランダ南部等にひろがる地域をさす古地名。

2　アイルランド五王国＝エール五王国（原文では、ほとんど〝アイルランド五王国〟が使われているので、混乱を避けて、訳文は〝アイルランド五王国〟に統一）。エールは、アイルランドの古名のひとつ。語源は、神話のデ・ダナーン神族の女神エリユー。七世紀のアイルランドは、五つの強大なる王国、すなわちモアン（現在のマンスター地方）、ラーハン（現在のレンスター地方）、ウラー（現在のアルスター地方）、コナハトの四王国と、アード・リー〔大王《ハイ・キング》〕が政《まつりごと》をおこなう都タラがある大王領ミー（現在のミース）の五王国に分かれていた。〝アイルランド五王国〟は、アイルランド全土をさすときによく使われる表現。またモアン、ラーハン、ウラー、コナハトの四王国は、大王を宗主に仰ぎ、大王に従属するが、大王位に就くのも、主としてこの四王国の国王であった。

第二章

1　コラクル舟＝柳の枝を編んだものに獣皮または油布を張った長円形のひとり乗りの小舟。

2　ウィトビアでの教会会議《シノド》＝六六四年、ノーサンブリア王国ウィトビア／ウィトビー（旧名ストローニャシャル）の修道院において、ノーサンブリア王オスウィーの主宰という形で開催された宗教会議。復活祭の日の定めかた、教義の解釈、信仰の在りかたなど、当時対立が顕著となったローマ教会とアイルランド（ケルト）教会の妥協を求めるための会議であったが、最終的には、オスウィー王が天国の鍵の保持者聖ペテロに従うと決定したため、イングランド北部の教会は聖ペテロが設立したとされるローマ教会に属することとなり、その結果アイルランド教会派はさらに孤立してゆき、ついに十一世紀にはローマ教会に同化していった。《修道女フィデルマ・シリーズ》の第一作『死をもちて赦されん』は、このウィトビア教会会議を物語の背景としており、アイルランド教会派に属する修道女フィデルマは、サクソン人でローマ教会派のエイダルフと、そこで初めて出会ったのであった。

3　ローマへの旅路においてゴールへも往復した＝《修道女フィデルマ・シリーズ》の第一作『死をもちて赦されん』の終わりから第二作『サクソンの司教冠』の冒頭のあいだの、ローマへの旅路のことと思われる。

4　エイダルフ＝〝サックスムンド・ハムのエイダルフ〟。《修道女フィデルマ・シリーズ》の長編のほとんどに登場する若いサクソン人。アイルランド（ケルト）教会派のフィデルマとは違って、ローマ教会派に属する修道士であるが、常にフィデルマのよき助手、優れた協力者として行動し、彼女とともに謎を解明してゆく、シリーズ中のワトソン役。

5　サックスムンド・ハム＝エイダルフの故郷。東アングリアのアルドウルフの王国の領地。エイダルフはこの地のゲレファ（サクソンの法を執行する行政官。代官）の息子であるために〝サックスムンド・ハムのエイダルフ〟と呼ばれる。

6　一枚の毛布も……＝《修道女フィデルマ・シリーズ》の第七作『消えた修道士』の中にも、フィデルマがこのときのことを思い返す場面がある。

7　〝海の脚《シー・レッグス》〟＝船内歩行能力。船上でバランスを取って歩く船乗りの歩きかた。

8　ウェサン島＝フランス北西部、ブルターニュ半島先端沖に浮かぶ島。

9　索具＝船の帆柱、帆桁、帆を支えるロープ、鎖などの総称。

10　聖ブレンダン＝聖ブレノーン、〝航海者ブレンダン〟。四八四年頃～五七七年頃。六世紀に、主としてアイルランド西部で活躍した聖職者。ゴールウェイ州クロンファートをはじめ、各地に修道院を設立。〈約束の地〉を求めて、弟子僧たちと航海を続けたとされる。この幻想的な島巡りの物語は、中世文芸に『聖ブレンダン航海記』を生み、各国語に訳されて愛読された。また、アメリカ大陸を発見したのは、コロンブスではなく、このブレンダンであったとの伝承もある。

11　コルムキル＝五二一頃～五九七年。コロンバ。〝アイオナのコルムキル／コロンバ〟と呼ばれる（サクソン人は、コルムキルという名はいいにくかったらしく、彼をコロンバと呼んだ）。王家の血を引く貴族の出。アイルランドの聖人、修道院長。デリー、ダロウ、ケルズなどアイルランド各地に修道院（三十七か所といわれる）を設立したが、五六三年、十二人の弟子とともにスコットランドへ布教に出かけた（一説には、修道院内の諍《いさか》いの責任をとっての出国とも）。彼はスコットランド王の許可を得て、その西岸の島アイオナに修道院を建て、三十四年間その院長を務めた。さらにスコットランドや北イングランドの各地で多くの修道院の設立や後進の育成などに専念し、あるいは諸王国間の軋轢《あつれき》を仲裁するなど、旺盛な活躍を見せ、その生涯のほとんどをスコットランドで送った。とりわけアイオナの修道院は、アイルランド・カトリックとその教育や文化の重要な中心地となっていた。数々の伝説に包まれたカリスマ的な聖職者であり、また古代アイルランド文芸に望郷の思いを詠《うた》った詩を残す詩人でもある。

12　イー・ネール王家＝アイルランド王家のひとつ。タラの王ニール・ニージャラッハ（四〇五年没）の血筋を引くと主張していたとされる。

13　下手《したて》回し＝逆風帆走のさい、帆と舵を操作して船首を風下側に回し、風を反対側の舷に受け変えて針路を変更すること。

14　陸者《おかもの》＝経験の浅い船乗りを馬鹿にしていう言葉。

第三章

1　フィアナ騎士団＝大王《ハイ・キング》、諸国の王、族長などが抱えていた護衛戦士団。最もよく知られているのは、伝説的な英雄フィン・マク・クールを首領に戴いた戦士たち〈フィアナ〉で、彼らの冒険を描いた数々の物語は、フィニアン・サイクル（オシアン・サイクル）として名高い。〝フィアナ〟は、現代アイルランド語では〝兵士〟の意味。

2　聖フィニアン＝〝モヴィラのフィニアン〟。アイルランドの聖人、宣教師。四九五頃〜五八九年。ローマで学んだのちにアイルランドへ戻り、五四〇年にモヴィラ修道院を設立した。コルムキル（コロンバ）はモヴィラで彼に師事したとされている。

第四章

1　キルヴォラグ〔化粧ポウチ〕＝語義は〝櫛入れ袋〟。

2　ティアグ・ルーウァー＝〔書籍収納鞄〕。当時のアイルランドでは、上質皮紙《ヴェラム》の書籍は本棚に並べるのではなく、一冊あるいは数冊ずつ革（あるいは布）製の専用鞄に収めて壁の木釘に吊りさげる、という収蔵法をよくとっていた。旅に携帯するさいにも、この鞄に入れて持ち歩いた。《修道女フィデルマ・シリーズ》の第三作『幼き子らよ、我がもとへ』の中に、詳しい描写が何か所か出てくる。

3　聖アルバ＝アルベ。六世紀初期のアイルランド人司教。生涯については詳細不明。主として、アイルランド南部で布教。イムラック（現ティペラリー州イムレック）の司教区の創設者だったのではないかとも考えられる。〝牝狼に育てられた〟であるとか、〝晩年は〈約束の地〉（異教のケルト人の至福の異界）に隠棲した〟などの伝説に彩られている聖者。

4　ダンモアの洞窟に棲んでいた猫＝アイルランド南西部の町キルケニーには、ダンモアの洞窟に棲む巨大猫バンヒースギーヤッハに斃された〝ルッフチェルン（鼠の王）〟の伝説がある。

5　ブレサル・ブレック＝二世紀のラーハン（レンスター）王。生年は一二五年頃。

第五章

1　ダール・フィアタッハ小王国＝中世アイルランド北東部に存在した小王国のひとつ。

2　〈ゲールの子ら〉＝イベリア半島からアイルランドへ移住した〈ミールの子ら〉（ミレー族、ミレシアンとも）の子孫。『侵略の書』によれば、大時化によって一掃されたアイルランドの地をまずパーホロンが治め、次いでネメズ、フィルボルグ、トゥアハ・デ・ダナーンの各神族たちがかの地を治めたが、やがて人間であるミールの子孫がトゥアハ・デ・ダナーン一族を斃し、アイルランド人の祖となったとされている（ミール自身はアイルランドにたどり着くことなく命を終えた）。

第六章

1　スラー・ド・アイユ＝アイルランド語で〝岩からの流れ〟。水流によって崩れた脆い岩が、川が干あがったことによりその場に取り残されるがごとくに、この学位の合否によって悪しき学者は淘汰され、選ばれた者は弱き者を激流から守る、という考えかたからきている呼び名。

2　大王《ハイ・キング》ケラッハ＝ケラッハ・マク・マエレ・コバ、六五八年没。北イー・ネールに属し、叔父ドムナル・マク・オエド大王の死後、兄コナル・コエルとの共同で大王の座に就き統治をおこなった。

第七章

1　『ムィル・ブレハ』＝『海に関する法律』、すでに古文書自体は消失しているが、二点の古文献（『差し押さえの四段階』と『コーマックの語彙集《グロッサリー》』）の中で言及されているとのこと。主として海や河口において、水中に流出、沈下した船荷に関する法律。しかし、「裁判官は、海難や深海に関して、深く通暁していなければならない」とも記されていたらしいので、海に関するさまざまな掟を広く取りあげていたのであろう。

第八章

1　パブリリウス・シーラス＝紀元前一世紀頃に、ローマ演劇の世界で活躍し、人気を博したマイム俳優、マイム作者。また、広く読まれていたストア哲学的な格言集の著者である、ともいわれている。

2　トゥリッド・スキアギッド＝語義は、〝盾による戦い〟の意。すなわち、武器を用いず、盾で身を守る戦いかた。武器を使わない護身術。

3　トゥアム・ブラッカーン＝アイルランド北西部のゴールウェイ地方の町に六世紀に設立された修道院。神学、医学の学問所としても名高かった。

4　『カイン・ラーナムナ〔婚姻に関する定め〕』＝カインは、〝法律、処罰〟、ラーナムナは〝結婚やその他の男女の結びつき〟を意味する語。男女同等の立場での結婚、妻(夫)問い婚、略奪婚、秘密婚など、男女の結びつき(結婚)を九種類にわたって論じたもの。さらには、第二夫人や側室の権利、離婚の条件や手続き、暴行に関する処罰まで も、詳論されているようだ(『アイルランドの古代法』)。

第九章

1　賠償＝〈ブレホン法〉の際立った特色のひとつは、古代の各国の刑法の多くが犯罪に対して〝懲罰〟をもって臨むのに対し、〝償い〟をもって解決を求めようとする精神に貫かれている点であろう。各人には、地位、血統、身分、財力などを考慮して社会が評価した〝価値〟、あるいはそれに沿って法が定めた〝価値〟が決まっていて、殺人という重大な犯罪さえも、被害者のこの〈名誉の代価《オナー・プライス》〉を弁償することによって、つまりは〈血の代償金《ブラッド・マネー》〉を支払うことによって解決されてゆく。この精神や慣行は、神話や英雄譚の中にもしばしば登場している。たとえば、アイルランドの三大哀歌《エレジー》のひとつといわれる『トゥーランの子らの運命』も、有力な神ルーの父を殺害したためにルーから過酷な弁償を求められたトゥーランの三人の息子たちがたどる悲劇を物語る。

2　〈名誉の代価《オナー・プライス》〉＝ローグ・ニエナッハ。地位、身分、血統、資力などに応じて、慎重に定められる各個人の価値。被害を与えたり与えられたりした場合など、この〈名誉の代価〉に応じて損害を弁償したり、弁償を求めたりする。

3　福者《ブレッシド》＝教皇庁が死者の聖性を公認した人物への尊称。のちに聖者《セイント》に公認されることが多い。しかし〝聖なる人〟という意味で、もっと広義に用いられることもよくある。たとえば、聖パトリックも、ブレッシド・パトリックという呼ばれかたをすることがある。

4 カマル＝古代アイルランドにおける〝富〟の単位。牧畜国のアイルランドでは、貨幣(金、銀)ではなく、家畜や召使いを〝富〟を計る基準とし、シェードとカマルのふたつの単位を用いていた。一シェードは乳牛一頭(若い牝牛二頭)の価値、一カマルは、女召使いひとり、あるいは三シェード、すなわち乳牛三頭(若い牝牛六頭)の価値となる。また、土地の広さを測る単位としては、一カマルは一三・八五ヘクタールとなる。

第十章

1 斜檣《バウスプリット》＝帆船の船首から斜めに突き出たマスト状円材。

第十一章

1 ヴェネト人＝紀元前五十六年にローマのカエサル(シーザー)に征服された、ブルターニュ地方に居住していた古代民族。

2 アナム・ハーラ＝〔魂の友《ソール・フレンド》〕。〝心の友〟と表現されるような友人関係の中でも、さらに深い友情、信頼、敬意で結ばれた、精神的支えともなる唯一の友人。《修道女フィデルマ・シリーズ》のほかの作品の中でも、よく言及される。

3　尊者《ヴェネラブル》＝教皇庁が公認する尊称。福者《ブレッシド》に列せられる前段階になる。

4　クミアン＝アイルランドの司教、生年は五九一年頃、六六一年または六六二年没。

5　モ・シニュウ・モックー・ミン＝アイルランドの学者、六一〇年没とされている。

6　計算《コンプトゥス》＝「復活祭計算」（ラテン語でコンプトゥス・パスカーリス）の略。キリスト教の教会暦における復活祭の日を算出する方法。三二五年のニカイアの総会議において、それまでのユダヤ教の過越祭を用いず、復活祭は春分の日（三月二十一日）以後の満月の後の日曜日と定め、それに基づいた計算方法が用いられることになった。

7　星の野＝今日でも無数のカトリックの信徒たちが詣《もう》で、大勢の旅行者たちも訪れている、スペイン北西部の巡礼地サンティアゴ・デ・コンポステラをさす。スペイン語の〝サン・ティアゴ〟は、英語の〝聖ヤコブ〟（イエスの十二使徒のひとり。ヘロデ王によって処刑された殉教者）。〝コンポステラ〟は、〝星の広場〟。ある修道士が星に導かれてやって来て、ここに聖ヤコブの墓（コムポシトゥーム）を発見した、という伝説もあるようだ。

訳者紹介　1969年生まれ。上智大学大学院文学研究科英米文学専攻博士前期課程修了。訳書にウォルトン「アンヌウヴンの貴公子」、デュエイン「駆け出し魔法使いとはじまりの本」、ジョーンズ「詩人《うたびと》たちの旅」「聖なる島々へ」などがある。

検印
廃止

憐れみをなす者 上

2021年2月26日　初版

著　者　ピーター・トレメイン

訳　者　田《た》村《むら》美《み》佐《さ》子《こ》

発行所　(株)東京創元社
代表者　渋谷健太郎

162-0814/東京都新宿区新小川町1-5
電　話　03・3268・8231-営業部
03・3268・8204-編集部
URL　http://www.tsogen.co.jp
工友会印刷・本間製本

ISBN978-4-488-21823-2　C0197

もうひとつの『レベッカ』

MY COUSIN RACHEL◆Daphne du Maurier

レイチェル

ダフネ・デュ・モーリア
務台夏子 訳 創元推理文庫

◆

従兄アンブローズ——両親を亡くしたわたしにとって、彼は父でもあり兄でもある、いやそれ以上の存在だった。

彼がフィレンツェで結婚したと聞いたとき、わたしは孤独を感じた。

そして急逝したときには、妻となったレイチェルを、顔も知らぬまま恨んだ。

が、彼女がコーンウォールを訪れたとき、わたしはその美しさに心を奪われる。

二十五歳になり財産を相続したら、彼女を妻に迎えよう。

しかし、遺されたアンブローズの手紙が想いに影を落とす。

彼は殺されたのか？　レイチェルの結婚は財産目当てか？

せめぎあう愛と疑惑のなか、わたしが選んだ答えは……。

もうひとつの『レベッカ』として世評高い傑作。

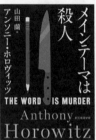

世界中の読書家に愛される〈フィデルマ・ワールド〉の粋
日本オリジナル短編集

〈修道女フィデルマ・シリーズ〉

ピーター・トレメイン◎甲斐萬里江 訳

創元推理文庫

修道女フィデルマの叡《えい》智《ち》
修道女フィデルマの洞《どう》察《さつ》
修道女フィデルマの探求
修道女フィデルマの挑戦